Chère lectrice,

On s'y laisse prendre à chaque fois, vous ne trouvez pas ? A chaque début de décembre, on commence à ressentir une excitation presque enfantine. Et très vite, nous nous lançons dans les préparatifs de la fête, dans la liste des cadeaux à faire à ceux que nous aimons. Les magasins et les rues s'illuminent, et nous nous retrouvons plongées dans un monde féerique, nourri tout à la fois de nos souvenirs d'enfance et de l'attente émue des moments de joie que nous allons vivre.

Cette année, opterez-vous pour un Noël traditionnel — paysage enneigé, dinde aux marrons, bûche au chocolat — ou pour un Noël plus inattendu, avec au programme plage, soleil, champagne glacé ? Et pourquoi ne pas vivre ce Noël au bout du monde, en Australie, avec Tegan, la ravissante héroïne d'*Un désir défendu* (Trish Morey, n° 3187) ? A la faveur d'un incroyable et délicieux quiproquo, et alors qu'elle ne s'y attendait pas le moins du monde, elle va trouver l'amour, le vrai… Pour Tegan, ce Noël au soleil de la Gold Coast australienne sera vraiment inoubliable.

Et pour patienter jusqu'au réveillon, vous pourrez découvrir ce mois-ci avec un infini plaisir *Le fils caché des Kolovsky* (Carol Marinelli, n° 3194), passionnant roman où secrets de famille et secrets du cœur vous emporteront…

Je vous souhaite de très belles lectures, et un merveilleux Noël !

La responsable de collection

Le fils caché des Kolovsky

CAROL MARINELLI

Le fils caché des Kolovsky

collection Azur

éditions HARLEQUIN

Collection : Azur

Cet ouvrage a été publié en langue anglaise
sous le titre :
THE DEVIL WEARS KOLOVSKY

Traduction française de
BARNABE D'ALBES

83-85, boulevard Vincent-Auriol, 75646 PARIS CEDEX 13 — Tél. : 01 42 16 63 63

Service Lectrices — Tél. : 01 45 82 47 47

www.harlequin.fr

ISBN 978-2-2802-3612-6 — ISSN 0993-4448

1.

Zakahr Belenki aurait pu se rendre sur place à pied. Après tout, les bureaux de la Maison Kolovsky se trouvaient à peu de distance de l'hôtel de luxe où il avait élu résidence pour les quelques semaines à venir.

Il aurait également pu choisir d'y aller en hélicoptère, afin d'échapper à la presse de Melbourne.

Mais il attendait ce moment depuis trop longtemps. C'était même cela qui lui avait permis de survivre à une jeunesse effroyable.

Et désormais, ce moment était venu.

Il s'engouffra dans sa limousine. Sur ses instructions, le chauffeur s'engagea sur la longue promenade qui longeait l'hôtel. A travers les vitres teintées, Zakahr contempla la succession de boutiques et de galeries d'art aux enseignes clinquantes. Enfin, la voiture s'arrêta devant le siège historique de la Maison Kolovsky ; avec sa façade bleu azur et son immense logo doré, le bâtiment était aussi connu que ses créations de luxe, convoitées dans le monde entier. Naturellement, la vitrine était sobre, mettant simplement en valeur quelques pièces de soie sauvage autour d'une superbe opale qui scintillait dans le soleil du matin. D'un point de vue esthétique, c'était un sans-faute. Mais chaque fois que Zakahr posait les yeux sur un article de la marque, une bouffée d'amertume lui nouait la gorge.

— Continuez, ordonna-t-il au chauffeur.

Ce dernier obtempéra et, un instant plus tard, la limousine s'arrêtait devant les bureaux de la grande maison de couture.

Ce n'était pas n'importe quel *moment*. C'était le sien. Celui de son triomphe.

Les flashes des appareils photo le mitraillèrent aussitôt. Pour une fois, cela lui était égal. Outrageusement riche, séduisant, auréolé de succès, il avait fréquenté des femmes parmi les plus belles et les plus célèbres d'Europe. Sa réputation de briseur de cœurs avait maintes fois fait les choux gras de la presse people. Mais si Zakahr détestait habituellement toute forme d'ingérence dans sa vie privée, aujourd'hui, il n'y voyait aucun inconvénient… Au contraire, même ! Il réprima un sourire en songeant à la tête des Kolovsky en train de découvrir les nouvelles, tout en dégustant leur petit déjeuner…

Il espérait qu'ils allaient s'en étrangler !

Les journalistes lui hurlaient des questions et brandissaient des micros devant lui tout en se poussant les uns les autres, afin d'obtenir la primeur de ses réponses :

— Allez-vous reprendre la Maison Kolovsky ? Ou bien vous contenterez-vous d'assurer l'intérim pendant qu'Alexeï Kolovsky est en voyage de noces ?

— Etes-vous heureux du mariage d'Alexeï Kolovsky ?

— Quelle relation entretenez-vous avec les Kolovsky ?

— Où donc est passée Nina, la matriarche de la famille ?

— En quoi la Maison Kolovsky vous intéressait-elle ?

Zakahr s'abstint de tout commentaire et fendit la foule, imperturbable. Il n'avait pas davantage l'intention de leur répondre plus tard. Les faits parleraient bientôt d'eux-mêmes.

Il sentit le soleil lui chauffer la nuque. Protégeant son regard gris derrière une paire de lunettes noires, il affichait un air impénétrable : il savait que cette attitude était plus impressionnante que tous les discours.

Avec sa haute stature, il dépassait la plupart des hommes d'une bonne tête. Rasé de près, vêtu d'un costume hors de prix, chaussé sur mesure par un célébrissime créateur italien, le poignet armé d'une luxueuse montre suisse, il exhalait pourtant quelque chose de sauvage, et il en avait conscience. C'était d'ailleurs cela qui retenait les journalistes, les empêchant de se montrer plus audacieux ou insistants.

Ignorant cette foule qui le poursuivait, il gravit les marches du large perron et s'engouffra dans la porte à tambour.

Enfin, il y était : il se trouvait *à l'intérieur.*

Il aurait sans doute pu s'arrêter, prendre une longue inspiration et savourer cet instant. Mais il sentait une sorte de grand vide en lui. Il avait toujours eu un goût prononcé pour les défis et les batailles… Mais lorsque son identité avait été révélée, la Maison Kolovsky lui avait été offerte sur un plateau. Et il lui revenait maintenant de décider de ce qu'il allait en faire.

— Bonjour, monsieur Belenki.

Le salut du portier résonna en écho derrière lui alors qu'il se dirigeait vers l'ascenseur. Dès que les portes s'ouvrirent sur l'étage de la direction, il perçut une certaine fébrilité l'envahir.

Il avança avec une confiance imperturbable, jetant à peine un regard aux épais tapis qui couvraient le sol et les tentures des murs.

Il ne rencontra personne, mais il sentait comme

une tension dans l'atmosphère… C'était sans doute logique. Après tout, les employés avaient d'excellentes raisons d'être nerveux, songea-t-il. Il venait d'être nommé à la tête de cette maison et, dans l'entreprise, cela signifiait un séisme, un changement radical.

En revanche, le personnel ignorait sa véritable identité…

Seule la famille savait qui il était.

Zakahr se dirigea vers le bureau où il était déjà venu plusieurs fois, et qui devenait aujourd'hui *le sien*.

En poussant les lourdes portes de chêne, il était déjà prêt à conquérir — ou plutôt à récupérer — ce qui lui revenait de plein droit, de par sa naissance… Mais il se retrouva dans l'obscurité.

En appuyant sur l'interrupteur, il fronça les sourcils.

Quoi ?

Personne ?

La rage l'envahit aussitôt. Pas d'équipe pour l'accueillir ! Des ordinateurs éteints, des stores baissés…

Les Kolovsky voulaient-ils se payer sa tête ?

Le week-end dernier, Alexeï avait épousé sa secrétaire, Kate, mais il avait assuré à Zakahr qu'une nouvelle assistante avait été formée. Eh bien, peut-être était-elle fort compétente, en effet, mais elle n'était *pas là* !

Ravalant sa colère, il fonça droit vers la sublime table de travail en acajou massif, saisit le combiné du téléphone pour appeler la réception et exiger qu'on lui envoie quelqu'un sur-le-champ.

A cet instant précis, la porte s'ouvrit derrière lui et il s'immobilisa en voyant une superbe blonde pénétrer dans la pièce adjacente, réservée au personnel de direction. Elle était enveloppée d'une fragrance de parfum délicatement fleuri, et tenait un grand gobelet de café acheté dans une chaîne.

Après l'avoir posé sur un bureau, elle alluma la lumière, ôta tranquillement sa veste, tourna la tête vers lui et murmura :

— Désolée, je suis en retard.

De manière tout aussi désinvolte, elle alluma son ordinateur et ajouta :

— Je suis Lavinia.

— Je sais, répliqua sèchement Zakahr, qui avait brièvement aperçu la jeune femme au mariage de son frère, le samedi précédent.

Un visage pareil n'était pas de ceux que l'on oubliait facilement. Il avait immédiatement remarqué ses grands yeux bleus, sa superbe chevelure d'un blond lumineux, son élégance raffinée, à la fois simple et glamour…

Mais la Lavinia qui se présentait devant lui ce matin n'avait plus grand-chose de commun avec la déesse qu'il avait vue ce week-end : son regard était lourdement cerné, et la fatigue qui se lisait sur tous ses traits semblait indiquer qu'elle aurait mieux fait d'aller se coucher plutôt que de se mettre au travail.

Il alla se poster sur le seuil, entre les deux bureaux.

— C'est votre manière de faire bonne impression ? demanda-t-il de but en blanc, d'un ton peu amène.

Il avait l'habitude d'être entouré de collaborateurs à la tenue impeccable, aussi discrets qu'efficaces, qui se fondaient dans le décor. Or, la créature qui venait de surgir ici et avait maintenant l'outrecuidance de brandir un miroir pour se maquiller, assise à son bureau, ne correspondait guère à ses attentes !

— Donnez-moi deux minutes, plaida la jeune femme d'un ton toujours détaché, tout en appliquant soigneusement son fond de teint compact, effaçant aussitôt les cernes sous ses yeux. Et alors, je ferai bonne impression.

Zakahr n'en croyait pas ses oreilles. Quelle insolence !

— Où est l'assistante de direction ? s'enquit-il.

— Elle s'est mariée samedi.

Elle se concentrait maintenant sur ses yeux, les maquillant d'une ombre à paupières grise.

Elle se croyait certainement très drôle, avec cette réponse…

Bon sang, où était-il tombé ?

Tout en posant son mascara, Lavinia se dit qu'il était temps de révéler la vérité.

— La nouvelle assistante que Kate a formée durant des semaines est partie en larmes vendredi dernier, en jurant qu'elle ne remettrait jamais les pieds ici, expliqua-t-elle.

Elle n'avait nullement l'intention de ménager cet homme. La Maison Kolovsky était plongée dans le chaos depuis que l'arrivée de Zakahr Belenki avait été rendue officielle, et s'il s'imaginait qu'il pouvait pénétrer ici et trouver tout le monde au garde-à-vous, il allait tomber de haut.

Elle était en outre parfaitement consciente de l'irriter en se maquillant devant lui, mais avait-elle le choix ? Dans moins d'une heure, ils devraient se rendre à l'aéroport, et il était essentiel qu'elle apparaisse rayonnante. Cependant, il semblait bien au-delà de l'agacement : il fulminait de rage.

— Kate venait-elle s'installer à son bureau pour se maquiller ? demanda-t-il d'une voix vibrante de colère.

— Kate n'avait pas été recrutée pour son apparence, riposta-t-elle tranquillement.

***

Zakahr serra les dents. Comment osait-elle lui parler ainsi ? Et que venait faire l'apparence de Kate dans cette histoire ? Certes, la jeune mariée ne ressemblait en rien à la splendide créature qu'il avait sous les yeux. Ce qui ne l'avait pourtant pas empêchée de mettre le grappin sur Alexeï Kolovsky !

— Je suppose que Kate avait autre chose à proposer que son apparence, rétorqua-t-il d'un ton provocateur. Après tout, elle vient de se marier avec le patron !

Satisfait, il vit son étrange collaboratrice s'interrompre et rester le pinceau en l'air, tandis que ses joues rosissaient sans l'aide du moindre blush.

— Et votre équipe ? Où est-elle ? s'enquit-elle en jetant un coup d'œil vers la porte, comme si elle s'attendait à voir soudain débarquer toute une escouade venue d'Europe.

— Hélas pour moi, *vous* êtes mon équipe.

— Vous n'avez emmené *personne* ? s'étonna-t-elle, en ouvrant de grands yeux effarés.

A la vérité, Lavinia était stupéfaite. Les méthodes de Zakahr Belenki étaient bien connues : secondé d'une imposante équipe qui le suivait dans chacune de ses opérations, il rachetait des entreprises en difficulté, investissait des sommes faramineuses pour les redresser et les transformait en véritables poules aux œufs d'or, plus lucratives que jamais. Hélas, il était également capable de mener des audits sans pitié et de fermer les portes d'une société dont il ne jugeait pas les rendements potentiels suffisants…

Même si la Maison Kolovsky était loin d'être en souffrance et ne risquait pas de connaître ce triste sort, Lavinia savait que Zakahr se trouvait ici pour des raisons personnelles et tenues secrètes. Toutefois, cela n'expliquait pas qu'il eût préféré venir seul sans ses collaborateurs.

— Pas d'équipe ? insista-t-elle.

Zakahr la dévisagea. Au fond, sa question était légitime, songea-t-il. Ses propres conseillers et assistants s'étaient étonnés de le voir partir pour l'Australie sans eux — surtout qu'il s'agissait de vérifier la pérennité financière d'une nouvelle entreprise.

Mais il était un leader. Or, en tant que tel, il se devait de ne pas révéler ses éventuelles faiblesses — et Kolovsky, cette maudite maison de haute couture, était son talon d'Achille. Impossible d'expliquer à son équipe pourquoi ce voyage était avant tout une affaire privée… Il n'allait donc pas davantage fournir des explications à cette impudente !

Fronçant les sourcils, il la gratifia d'un regard dur avant de lui demander sèchement d'aller lui chercher une tasse de café. Puis, il tourna les talons et fit violemment claquer la porte de son bureau derrière lui.

Ayant travaillé avec Levander et Alexeï Kolovsky avant de se trouver au service de Zakahr, Lavinia ne risquait pas de se laisser impressionner par une porte qui claque.

Bien sûr, elle avait plutôt fait mauvaise impression en arrivant « en retard », mais si Zakahr s'était donné la peine de lui en demander la raison, elle aurait pu lui expliquer qu'elle venait de vivre un week-end infernal. Servir de gardienne à Nina pendant le mariage d'Alexeï en avait été le meilleur moment, de loin !

L'horreur avait commencé dès le vendredi, quand sa demi-sœur avait été confiée à une famille d'accueil. En un sens, Lavinia pouvait se réjouir qu'une procédure judiciaire qu'elle avait elle-même initiée débouche enfin sur du concret… Mais elle n'aurait jamais imaginé une telle issue ! Au lieu de lui être confiée, Rachel avait donc été placée dans un *foyer temporaire*, le temps que la justice examine plus attentivement la situation !

Lavinia venait donc de passer trois nuits blanches d'affilée, non seulement à s'inquiéter de l'avenir de la petite fille, mais à se demander comment elle vivait ce changement subit. Durant des heures, elle s'était torturée en l'imaginant livrée à elle-même, face à des étrangers, contrainte de dormir dans un autre lit que le sien…

Lavinia n'avait guère de moyens d'action à sa disposition, pour le moment, et elle tentait de se rassurer en se répétant qu'au moins, l'enfant était à l'abri de tout danger.

Elle restait pourtant fébrile et n'importe quel autre jour que ce lundi, elle aurait téléphoné au bureau, annoncé qu'elle était souffrante et serait restée chez elle. Malheureusement, qui aurait-elle pu appeler, ce matin ?

L'assistante de direction « tellement fabuleuse » que Kate avait formée avait choisi de rendre son tablier la veille du mariage ! Alexeï était parti en voyage de noces et Nina — Seigneur, la pauvre Nina ! — avait été tellement choquée en apprenant la nouvelle qu'il avait fallu l'interner en hôpital psychiatrique pour une cure de repos.

Et puis, pendant que les autorités compétentes examinaient son dossier afin de déterminer si Lavinia avait, oui ou non, le profil d'un parent fiable, il était clair qu'elle avait besoin, plus que jamais, de montrer qu'elle disposait d'un emploi stable !

Ainsi, au lieu de rester couchée, elle était passée sous la douche avant d'enfiler les vêtements préparés dès la veille au soir : un chemisier gris foncé et un tailleur noir, dont la jupe était à la fois courte et élégante. Puis, elle avait enfilé ses sandales de daim noir favorites, celles qui allaient avec n'importe quelle tenue, et s'était débrouillée pour arriver presque à l'heure — avec à peine cinq minutes « de retard » ou plutôt, comme elle comptait le faire valoir, avec cinquante-cinq minutes d'avance !

Car même si cet odieux personnage l'ignorait, la plupart des emplois de bureau commençaient à 9 heures !

Oh, bien sûr, inutile de compter sur ce Zakahr Belenki pour la remercier d'être venue plus tôt, songea Lavinia en jetant un coup d'œil rageur vers la porte fermée du bureau attenant. Seigneur, il était encore plus arrogant que ses frères ! Car elle n'ignorait pas qui il était *vraiment*. En dépit de son patronyme officiel, il était un Kolovsky... Le fils secret d'Ivan et de Nina.

Mais il ne saurait pas qu'elle était au courant.

Après avoir vérifié son maquillage une dernière fois dans le miroir, elle rangea sa trousse, ouvrit son agenda dans son ordinateur et examina les tâches du jour. Même s'il lui était arrivé de se disputer avec Kate... elle aurait payé cher, en cet instant, pour qu'elle fût ici !

Contractuellement, Lavinia avait le titre d'« assistante de direction adjointe », mais elle n'ignorait pas avoir été recrutée surtout pour son apparence. On avait besoin de l'exhiber comme un accessoire attrayant et séduisant — un rôle essentiel dans une maison telle que Kolovsky. Toutefois, l'équipe patiemment formée par Ivan s'était peu à peu démantelée depuis sa mort, et Lavinia avait ainsi vu ses responsabilités augmenter au fil du temps. Or, maintenant qu'elle savait que Zakahr n'avait pas fait venir sa propre équipe, elle pouvait redouter le pire !

Bien sûr, un certain nombre de responsables de l'entreprise ne seraient que trop heureux de travailler directement avec Zakahr. En fait, il n'existait probablement qu'une seule et unique personne pour ne pas espérer approcher de trop près le si mystérieux nouveau patron…

Elle. Lavinia.

Et il fallait que cela tombe sur elle ! Qu'elle le veuille ou non, elle allait devoir côtoyer ce personnage quotidiennement, lui enseigner le fonctionnement de la maison, lui en donner toutes les clés, patiemment, afin qu'il la gère le mieux possible.

Si seulement elle avait su prendre moins à cœur son métier ! Mais elle tenait à ce que le nouveau patron dispose de tous les éléments pour assurer un avenir sans nuage à Kolovsky. Car oui, elle aimait cette maison…

Découragée, elle se prit la tête dans les mains et ferma les yeux. Allons, dans deux minutes, elle allait se lever, prendre un air pimpant et préparer une bonne tasse de café noir à Zakahr. Avec un peu de chance, il apprécierait ce geste et accepterait de reprendre leur collaboration du bon pied. Juste une minute, et elle…

— Lavinia !

Cette fois, elle avait sursauté.

Les bras croisés sur la poitrine, Zakahr secoua lentement la tête en voyant la jeune femme bondir de son siège. Oui, il venait de crier. Parce qu'elle ne lui avait pas laissé d'autre possibilité !

Il l'avait appelée deux fois au téléphone. *Deux fois !*

Et il avait donc fallu qu'il se lève et vienne dans son bureau pour constater par lui-même qu'elle ne risquait pas de bouger… Puisqu'elle dormait !

Elle leva vers lui un regard indéchiffrable qui le désarçonna durant un court instant : elle n'exprimait nullement la honte ou le désarroi d'une employée qui vient d'être prise en flagrant délit de sieste…

— Voulez-vous venir dans mon bureau ? conclut-il sèchement.

2.

Lavinia se sentait au comble de la confusion.

Durant un bref instant, elle se rassit à son bureau, passa une main dans ses cheveux pour les recoiffer et lissa sa jupe avant de se redresser.

C'était son premier jour de travail avec le nouveau patron, et celui-ci venait de la trouver non pas en train de rêvasser, mais de *dormir à poings fermés* sur son bureau !

Elle déglutit avec peine et pénétra dans son bureau en balbutiant :

— Je… Je suis désolée…

Elle s'interrompit en réalisant qu'il était au téléphone, en train de parler en russe. Elle n'avait aucune idée de ce qu'il racontait, mais il était clair qu'il ne s'agissait pas d'un concert d'éloges à son sujet…

Intriguée, elle écouta le son de sa voix grave et sensuelle, qui laissait transpercer la confiance en soi, l'autorité. A l'évidence, cet homme-là n'avait pas pour habitude de répéter ce qu'il avait à dire. De toute façon, tous ses interlocuteurs devaient être frappés par son charisme. Il émanait de lui une force hypnotique, sans doute liée à son extraordinaire séduction…

Car si ses frères possédaient, eux aussi, un physique magnétique, Lavinia devait admettre qu'il les surpassait.

Il y avait chez lui une beauté particulière, qui méritait d'être examinée dans ses moindres détails, à l'instar d'un modèle de la maison avant une séance de pose. Une remarquable symétrie sculptait ce visage aux pommettes hautes et au nez romain parfaitement droit. Il avait une bouche sensuelle et ferme, des traits virils, fascinants, qui accrochaient la lumière. Un visage pareil aurait été le rêve d'un photographe de mode… Ou son cauchemar. Car en admirant son extraordinaire regard gris, Lavinia ne put réprimer un frisson. Cet homme magnifique était fermé, lointain, impénétrable. En temps normal, elle parvenait assez facilement à percer quelqu'un à jour. Avec Zakahr, c'était d'autant plus difficile qu'il venait de se rendre compte qu'elle avait les yeux rivés sur lui…

Avec arrogance, il soutint son regard tout en reposant le combiné, et Lavinia se sentit rougir : il ne la quittait toujours pas des yeux. Il était très rare qu'elle détourne la tête la première, mais elle dut s'y résoudre.

— Je voulais vous présenter mes excuses, déclara-t-elle pour rompre le silence. Voyez-vous, je n'ai pas fermé l'œil de la nuit, et je…

— Etes-vous prête à travailler, oui ou non ? coupa Zakahr.

Visiblement, il se fichait éperdument de ses excuses.

— Oui, répondit-elle.

Zakahr lui fit signe de s'asseoir et alla préparer du café — puisque c'était apparemment la seule manière d'en obtenir ! Du reste, il en avait vraiment besoin ; le mariage d'Alexeï avait été pour lui un véritable enfer.

Il avait fait de son mieux en restant auprès de celui qui s'était montré honnête à son égard, mais dès qu'il en avait eu l'opportunité, il avait fui cette cérémonie… et la femme qu'il redoutait tant. En fait, au cours de la messe, il s'était efforcé de ne jamais regarder du côté de Nina, sa mère biologique, en faisant comme si elle lui était indifférente.

Depuis qu'elle avait découvert qu'il était son fils, elle avait été admise en cure dans un hôpital.

Eh bien, elle n'avait pas volé ce revers du destin, songea-t-il avec cynisme.

A la vérité, il aurait dû se féliciter que Nina en soit réduite à ce triste sort au moment même où lui allait régner sur l'empire des Kolovsky. Oui, il aurait dû jubiler… Mais la veille, il s'était retrouvé à l'arrière d'un taxi, à contempler fixement l'entrée de l'hôpital, hésitant à y entrer.

Il y avait tant de choses, pourtant, qu'elle *méritait* d'entendre. Et il avait attendu cette confrontation depuis de si longues années ! Mais en apprenant la gravité de l'état de Nina, Zakahr avait cédé à un étrange élan de compassion. Il s'était senti incapable d'ajouter encore à sa peine, du moins pour le moment.

Bientôt, il n'y aurait plus de Maison Kolovsky, ce nom serait même définitivement effacé, et il pourrait faire comme s'il n'avait jamais existé ; exactement comme ses parents l'avaient fait avec lui.

Il avait ordonné au chauffeur de le conduire au casino.

Zakahr avait espéré tout oublier pour quelques heures dans la salle de jeu, au milieu de femmes superbes. Mais là encore, ses intentions s'étaient comme évaporées dès son entrée dans le casino, et il avait fini par passer la nuit seul dans sa chambre d'hôtel, à tenter vainement de noyer ses émotions dans un scotch vieux d'un siècle.

Et maintenant ? Il était en train de faire du café à sa propre assistante !

Réprimant un soupir, il lui tendit une tasse, qu'elle prit en le remerciant avant de goûter la boisson et de marmonner parce qu'il était trop sucré.

Il aurait dû la renvoyer sur-le-champ, songea-t-il. Lui dire de prendre ses affaires et de quitter l'entreprise immédiatement. Seulement, en dépit de son absence totale de sérieux et de professionnalisme, et même si elle était probablement la pire de toutes les assistantes de direction du monde, il avait encore besoin d'elle, au moins pour un moment.

Il devait l'admettre, même s'il le faisait de très mauvaise grâce.

Aussi se contenta-t-il de déclarer sèchement :

— Je veux parler à l'ensemble des employés dès ce matin. Ensuite, vous me réserverez quinze minutes d'entretien individuel avec chacun, depuis les personnes chargées de l'entretien jusqu'aux couturiers en chef. Je veux que le premier rendez-vous ait lieu après le déjeuner : débrouillez-vous pour coordonner tout cela. Je veux aussi le dossier de chaque employé sur mon bureau dès…

— Ce n'est pas possible, répondit-elle d'un ton gêné, comme si elle réalisait elle-même qu'une telle réplique était inconcevable pour l'homme qui la dévisageait avec fureur. Nous devons nous concentrer sur l'arrivée de hauts dignitaires : la fille du roi Abdullah vient faire des essais.

— Et alors ? opposa-t-il, agacé, en haussant les épaules.

— Eh bien, environ une fois par mois, nous devons accueillir une haute personnalité qui nous confie la fabrication de sa robe de mariée. Quelqu'un de chez Kolovsky va toujours accueillir ce genre de clientes à l'aéroport pour les conduire ici, et…

— Ici ? répéta Zakahr en fronçant les sourcils.

Pourquoi ne pas les déposer directement à leur hôtel ? se demanda-t-il.

— Oui, ici, confirma Lavinia d'un ton ferme. Parce que c'est le moment dont elles rêvent !

Oh ! naturellement, un homme ne pouvait pas comprendre cela, songea-t-elle en secouant lentement la tête.

— Quoi qu'il en soit, enchaîna-t-elle, la fille du roi et sa famille ne voyagent pas vraiment en classe économique. Elle a son propre jet. Il est indispensable qu'elle soit accueillie par une personne haut placée dans la maison… C'est ainsi que les choses se font.

— Eh bien, le couturier n'a qu'à s'y rendre, suggéra-t-il. Et vous, allez-y aussi, si c'est impératif.

Lavinia ignora ce commentaire et poursuivit :

— Ensuite, vous les inviterez à dîner dans le courant de la semaine, et si leur séjour leur a donné toute satisfaction, vous serez à votre tour invité à dîner avec votre compagne, peu avant leur départ. Euh, attendez… Non, c'est bien dans ce sens-là. La princesse reste ici pour une quinzaine de jours et le mariage aura lieu dans moins de deux mois. En principe, il aurait dû y avoir beaucoup de voyages, d'allées et venues, mais Jasmine a décidé de tout faire en une fois.

— Je comprends, mais les couturiers peuvent très bien se charger de ce genre de…

— Les couturiers ont bien assez de travail, répliqua-t-elle, non sans impatience. Notre équipe est sur le qui-vive jour et nuit pour les nouvelles collections, et…

— J'ai plus important à faire qu'aller accueillir une stupide princesse trop gâtée à l'aéroport, coupa-t-il.

— Très bien. Je me rendrai donc seule sur place,

soupira-t-elle en haussant les épaules. Mais sachez que ces choses-là ont beaucoup d'importance.

Il ne lui accordait pas un regard et se concentrait sur l'écran de son ordinateur.

— Il s'agit du jour le plus important de la vie d'une princesse, ajouta-t-elle. Une journée exceptionnelle dont elle nous a confié la charge. C'est son *mariage* !

Elle avait bien articulé ce dernier mot, mais visiblement, il n'y attachait pas le sens que n'importe quelle femme lui accordait. Irritée, elle croisa les bras sur sa poitrine.

— J'ai un certain nombre de soucis dans ma vie personnelle, ces temps-ci, reprit-elle en se plantant devant lui. Alors, sachez que je ne suis venue ici ce matin que parce que vous arriviez. Sachez aussi que je ne me suis pas maquillée à mon bureau pour vous impressionner. Non, je suis ici parce que je savais qu'il fallait accueillir la princesse. Or, je tiens à vous préciser que cette tâche ne fait pas partie de mes spécialités… Kate évitait de m'envoyer accomplir ce genre de missions. J'oublie des tas de choses, je parle trop… Mais je suis tout de même venue ici aujourd'hui dans l'intention d'assumer cette responsabilité, parce que c'est ce qui fait toute la renommée de Kolovsky. La maison est fondée là-dessus : l'image de robes splendides portées par des femmes superbes. Et le fin du fin, chez Kolovsky, c'est évidemment la robe de mariée !

Cette fois, il releva la tête. Mais elle ne lut rien d'autre qu'un profond ennui dans son regard gris, et de l'exaspération.

— Oh, très bien ! s'exclama-t-elle avec humeur. J'irai sans vous !

Auparavant, elle devait toutefois passer un coup

de téléphone, songea-t-elle en regagnant son propre bureau.

Ouvrant son agenda, elle vérifia d'abord toutes les informations concernant l'horaire du vol de la princesse avant de s'assurer que les limousines étaient prêtes.

Puis, elle décrocha le combiné et composa nerveusement un numéro.

Mlle Hewitt, l'assistante sociale chargée de son dossier, ne lui réserva pas un accueil chaleureux :

— Je vous ai déjà eue au téléphone vendredi, protesta-t-elle. Vous ne pouvez pas me téléphoner tous les jours ! Vous n'êtes pas mon seul dossier, Lavinia !

— Mais j'ai besoin de m'assurer qu'elle va bien, se défendit-elle. Et il faut que je sache *quand* j'aurai le droit de la voir.

— Le père de Rachel viendra la voir mercredi soir, puis dimanche. Il n'est vraiment pas bon pour cette enfant qu'elle reçoive trop de visites. C'est perturbant.

— C'est ma demi-sœur ! s'écria-t-elle. Comment pourrait-il ne pas être bon pour elle que je la voie ?

— Ecoutez, je vais me mettre en rapport avec le foyer d'accueil, et nous verrons si nous pouvons organiser une visite.

— Quoi ? C'est tout ? Je ne peux même pas avoir son numéro de téléphone pour l'appeler ?

— Nous vous recontacterons si nous en avons besoin, conclut sèchement l'assistante sociale. Et nous verrons s'il est possible de préparer une entrevue.

Sans savoir comment, Lavinia trouva la force de remercier cette femme avant de raccrocher et de se prendre la tête à deux mains. Seigneur, combien elle haïssait les lenteurs administratives ! Elle ne supportait plus ce qui arrivait à Rachel… Et elle savait que dans le même temps, Kevin, le père de la petite, était probablement en train de rassembler toutes les horreurs qu'il pourrait inventer sur son compte, afin qu'elle n'obtienne jamais la garde de l'enfant. Il avait déjà fait tout ce qu'il pouvait pour chasser Lavinia de la vie de sa demi-sœur…

Il valait sans doute mieux qu'elle se trouve au bureau en ce moment, tout compte fait ; sinon, elle se serait rendue à l'école maternelle pour guetter l'arrivée de Rachel et s'assurer qu'elle allait bien. Or, Lavinia savait qu'elle devait à tout prix conserver son calme. Il fallait également se résoudre à ce que les choses avancent lentement, et prouver qu'elle était suffisamment responsable pour devenir la tutrice légale de Rachel.

— Désolé de vous déranger avec le travail.

Lavinia releva lentement la tête vers l'homme qui s'adressait à elle avec ce ton sarcastique.

Il tenait sa veste, comme pour l'inviter à sortir — ou plutôt, comme pour lui rappeler qu'elle aurait déjà dû quitter les lieux…

Elle se sentit rougir mais ne pipa mot et se leva pour lui reprendre sa veste et l'enfiler. Puis, elle s'efforça de se concentrer sur sa mission et d'avoir l'air de la personne qu'elle était, d'ordinaire : une employée toujours vive et souriante, quels que puissent être ses problèmes dans sa vie privée.

Il s'était donc décidé à l'accompagner. Lavinia ne fit aucun commentaire et suivit son patron dans le parking. Ils s'engouffrèrent dans une limousine et partirent pour l'aéroport, suivis par une voiture de luxe de la maison prévue pour la princesse.

Dès qu'ils furent confortablement installés dans

les profonds sièges de cuir, Lavinia donna tous les détails possibles au sujet de la princesse Jasmine et de la prestation fournie par Kolovsky pour son mariage. Même un homme d'affaires aussi important que Zakahr ouvrit des yeux exorbités quand elle lui annonça ce que devrait verser le roi Abdullah pour la robe de mariée et celles des demoiselles d'honneur.

Zakahr en resta stupéfait quelques instants. Eh bien, dans ces conditions, comment s'étonner que cette maison de haute couture soit aussi florissante !

Il jeta un bref coup d'œil à travers la vitre teintée et sourit. En fait, il était soulagé de quitter momentanément les bureaux. Le seul nom de Kolovsky le mettait mal à l'aise et, pour la première fois de sa vie, il se sentait assailli par le doute. Il s'était donné un mois pour prendre une décision quant à ce qu'il allait faire de cette entreprise, mais il ne supportait déjà plus de s'y trouver — alors qu'il n'était ici que depuis quelques heures !

Durant des années, il avait observé l'évolution de la Maison Kolovsky à distance, tout en effectuant des recherches poussées sur ses finances, son modèle économique, et les changements à la direction.

Personne n'avait jamais mentionné le nom du véritable fils aîné de la famille, celui d'Ivan et de Nina : Riminic.

Car c'est ainsi qu'ils avaient nommé leur premier fils : Riminic Ivan Kolovsky, ainsi que le voulait la tradition russe. Ensuite, alors que le bébé n'avait que deux jours… ils l'avaient confié à l'orphelinat. Certains de ces établissements s'avéraient tout à fait convenables, mais le choix de Nina et d'Ivan était pour le moins malheureux.

Quoi d'étonnant à ce qu'il ne ressente que haine

et ressentiment lorsqu'il entendait prononcer le nom de Kolovsky ?

A treize ans, il avait quitté cet infâme orphelinat pour survivre par ses propres moyens dans les rues. Ce n'était qu'à dix-sept ans qu'il avait eu la chance d'emprunter une autre voie — de trouver un refuge, un accès à un ordinateur et à un autre destin. Renonçant à son patronyme de naissance, il s'était forgé un avenir à sa mesure sans oublier d'y réserver une place de choix à la revanche.

Tandis que la rumeur enflait selon laquelle Levander aurait été — lui aussi — élevé dans un orphelinat, la Maison Kolovsky s'était bientôt vue contrainte de montrer patte blanche : elle s'était offert une conscience toute neuve en créant en Russie une fondation en faveur des orphelins et des enfants des rues.

Zakahr, lui, s'était acquitté de cette tâche dès sa première paie !

Parce que au fil du temps, il avait noué bien des contacts dans ce réseau associatif et caritatif, il avait trouvé le moyen de participer à un gala de charité organisé par Nina. Il en avait même été l'hôte d'honneur et avait fait un discours pour révéler à un public sous le choc l'enfer de son enfance. Nina, elle, avait tranquillement siroté sa coupe de champagne…

— Il ne s'agit pas d'une simple robe.

La voix de Lavinia l'extirpa de ses pensées. Il réalisa alors qu'elle lui parlait certainement depuis cinq bonnes minutes, et qu'il n'avait pas écouté un traître mot de son discours.

— C'est toute une expérience, reprit-elle. Il s'agit de trouver la teinte exacte correspondant à sa peau, d'étudier la manière dont elle marche pour déterminer la coupe, de comprendre sa personnalité… Et c'est précisément à cause de tout cela qu'elle se tourne vers nous. Durant les jours à venir, la princesse sera le seul et unique centre d'intérêt de nos créateurs. Chaque détail devra être passé en revue pendant qu'elle séjourne ici. Naturellement, notre équipe restera en contact avec elle après son départ, et une semaine avant la cérémonie, nos représentants prendront l'avion pour s'assurer sur place que tout se passe bien, avant de superviser la coiffure, le maquillage… Notre travail consiste à garantir à la princesse qu'elle n'ait rien d'autre à faire que sourire, une fois le grand jour venu.

— Ah. Et de combien de mariages la maison se charge-t-elle ? A quel rythme devrons-nous faire ça ?

— Une fois par mois, voire deux, répondit Lavinia.

Devant l'expression horrifiée de son compagnon, elle ne put s'empêcher d'ajouter :

— Le rythme s'accélère quand le printemps arrive en Europe. Nous entrons désormais dans une phase active, et vous allez devoir assumer cette tâche très souvent.

— Formidable, maugréa-t-il.

Profitant de son silence, Lavinia s'enfonça plus confortablement dans son siège et ferma les yeux. Elle n'était plus devant son bureau, et elle venait de fournir à son patron un exposé détaillé de leur mission — même s'il n'avait pas eu la politesse de l'écouter, préférant rêvasser en regardant le paysage !

Quoi qu'il en soit, rien ne s'opposait à ce qu'elle se repose un peu.

Elle était à bout de forces.

3.

Même si Zakahr n'était guère habitué à tant de décontraction chez ses employés, il ne put s'empêcher d'admirer le naturel de cette jeune femme qui faisait un somme à côté de lui.

A la vérité, ayant à peine fermé l'œil de la nuit, il l'aurait volontiers imitée. Mais il préféra profiter de ces quelques instants pour l'observer à la dérobée.

Elle était vraiment très belle… Ou devait-il dire « séduisante » ? Il n'en savait rien. Elle avait ôté sa veste, et ses longs bras nus reposaient le long de son corps longiligne. Il baissa les yeux sur ses jambes et s'aperçut qu'elle avait ôté ses sandales…

Préoccupé par des pensées sombres et confuses, il avait besoin d'un moment de distraction. Et cette jeune femme se révélait plutôt intrigante.

Oui, il avait envie d'en apprendre davantage à son sujet.

— Depuis combien de temps travaillez-vous pour la Maison Kolovsky ? s'enquit-il.

— Environ deux ans, dit-elle, sans ouvrir les yeux. J'ai d'abord été modèle, mais un jour, Nina m'a vue ajouter des olives dans ma salade, et en a conclu que je serais davantage à ma place dans les bureaux.

Cette fois, elle releva la tête et soupira.

— Je sais que j'ai un physique agréable, mais je

ne suis pas assez mince pour porter les robes de la maison.

Quoi ? Pas assez mince ? Hum. Il aurait pu faire le tour de sa taille d'une seule main et elle possédait une paire de jambes interminables…

— Et avant, que faisiez-vous ? insista-t-il.

— J'étais mannequin, dit-elle. Mais pas pour des marques aussi prestigieuses que Kolovsky. Ce n'est pas la partie de ma carrière dont je suis le plus fière.

— Il n'y a rien d'infamant dans le mannequinat, opposa-t-il.

— Ça payait le loyer, répondit Lavinia en haussant les épaules.

Mais ce n'était pas tout à fait la vérité. Tirée de force hors de l'école par sa mère alors qu'elle n'avait que seize ans, Lavinia avait dû prendre en charge leur foyer. Elle s'était tout de même débrouillée pour suivre des cours par correspondance avant d'entrer à l'université, car même si elle ne savait pas encore ce qu'elle voulait faire, à l'époque, elle savait très bien ce qu'elle ne voulait surtout pas devenir !

Lavinia avait également très vite compris que sa mère n'avait pas besoin de connaître le montant des pourboires qu'elle encaissait quand elle était serveuse. Ainsi, durant deux années, elle avait caché tout l'argent liquide dans un coin de sa chambre.

A dix-huit ans, elle était entrée en fac à temps partiel et avait ouvert un compte en banque. Quatre ans plus tard, à peine six mois après son entrée dans la Maison Kolovsky, elle était allée chercher toutes ses économies pour acheter l'appartement minuscule où elle vivait — et où elle comptait également faire vivre Rachel.

La seule pensée de sa petite sœur, seule, confiée à

des étrangers, lui brisait le cœur. Une sorte de panique s'infiltra en elle, et elle rouvrit vivement les yeux pour trouver le regard de Zakahr rivé sur elle.

Un regard sombre, insistant, mais qui n'avait rien d'embarrassant. En fait, c'était plutôt comme s'il avait veillé sur elle, durant son sommeil…

— Reposez-vous, lança-t-il soudain.

Elle n'aurait pas demandé mieux, mais cela lui était impossible. Subitement, elle se sentait trop consciente de leur proximité dans l'habitacle, et ressentait le besoin urgent de combler le silence qui pesait entre eux.

Certes, il s'était remis à regarder dehors, avec cette expression imperturbable qui n'appartenait qu'à lui, mais Lavinia devait résister à l'impulsion incompréhensible de lui dire qu'elle savait qui il était.

Le trajet jusqu'à l'aéroport dura encore trente minutes. Zakahr l'avait accompli à de nombreuses reprises ces derniers mois, en s'infiltrant petit à petit dans la Maison Kolovsky. Chaque fois, son cœur s'était durci encore un peu plus à mesure qu'il découvrait dans quelle opulence vivait la famille qui l'avait abandonné à lui-même.

— Nous allons passer devant…

Il fronça les sourcils et se retourna vers la jeune femme, qui venait d'interrompre une fois encore le cours de ses pensées.

— … le lieu où Alexeï a eu son accident, précisa-t-elle.

Il n'y avait pas grand-chose à voir, constata-t-il. L'arbre sur lequel la voiture de son frère s'était écrasée portait simplement le stigmate du choc.

Pourtant, il en fut très ému.

— Vous le connaissez depuis longtemps ? demanda Lavinia.

Il ne répondit pas.

— J'étais un peu surprise de découvrir que Josef n'était pas son témoin… Dans la mesure où c'est son frère jumeau…

Silence.

Lavinia réprima un soupir d'exaspération. Cet homme était impossible. Il refusait de s'expliquer et se murait constamment dans ces insupportables silences. Il ne faisait même pas l'effort de lui fournir une explication évasive — non. Il éludait toute réponse.

— Cinq minutes, Lavinia, annonça le chauffeur.

Lasse de l'attitude de son nouveau patron, elle baissa la vitre de séparation et se pencha vers Eddie pour lui demander des nouvelles de sa fille.

— Encore six semaines ! lança-t-il.

— Vous êtes impatient, j'imagine ? demanda-t-elle avant de se retourner vers Zakahr pour expliquer : Eddie est sur le point de devenir grand-père.

Il était évident que cette nouvelle n'intéressait en rien l'homme d'affaires : le hochement de tête indifférent dont il la gratifia lui en fournit la preuve définitive. Mais elle ne se priva pas pour autant de continuer à bavarder avec Eddie.

— Je n'arrive plus à empêcher ma femme de courir les magasins du matin au soir, poursuivit le chauffeur en riant. Nous avons une pièce entièrement remplie d'accessoires roses !

— C'est une fille, alors ? Oh, c'est formidable !

Elle se réjouissait sincèrement pour le vieil homme, mais alors qu'elle sortait son poudrier pour rectifier son maquillage, elle sentit le regard insistant de Zakahr sur elle… Un regard irrité.

— Quoi ? demanda-t-elle d'un ton froid, en se retournant vers lui.

Zakahr haussa les épaules et détourna les yeux avant de répliquer :

— Je n'aime pas la frivolité gratuite.

Un sourire insolent se dessina sur les lèvres de sa compagne.

— Eh bien, je vous suggère de changer d'avis !

— Pardon ?

— D'abord, vous avez fréquenté bon nombre de femmes redoutablement frivoles, fit-elle valoir. Je le sais de source sûre.

— Des journaux à scandale, ce sont vos « sources sûres » ? railla-t-il. Et vous vous montrez toujours aussi impertinente avec vos patrons ?

— *Moi*, je suis impertinente ?

Lavinia se tut un instant avant de reprendre :

— Bon, peut-être, admit-elle. Personne ne peut travailler dans une maison comme celle-ci sans l'être, mais… Mais je ne suis pas frivole ! Ce n'est pas moi ! C'est seulement ce que je suis en représentation. Vous pensez que la princesse aimerait que je l'accueille avec les cheveux gras et une vieille paire de jeans ?

Déterminée à dire tout ce qu'elle avait sur le cœur, elle enchaîna :

— Autre chose : d'après vous, j'étais cinq minutes en retard aujourd'hui. Eh bien, sachez qu'en réalité, j'avais cinquante-cinq minutes d'avance ! La plupart des employés commencent à 9 heures. Et parce que je suis tenue, de par mon statut professionnel, d'avoir une certaine apparence, je m'efforce de respecter certaines règles, conclut-elle en sortant son gloss de son sac, au moment précis où la limousine s'arrêtait sur le tarmac.

Le chauffeur vint aussitôt lui ouvrir la portière.

Satisfaite de sa sortie, elle lança :

— Et maintenant, allons accueillir la princesse.

Après les explications que lui avait données Lavinia, Zakahr avait fini par admettre qu'il aurait été extrêmement discourtois de ne pas accueillir en personne des membres d'une famille royale.

Aussi était-il reconnaissant à son étrange assistante d'avoir tant insisté pour qu'il l'accompagne. Il en fut d'autant plus convaincu au moment où il vit non seulement la princesse, mais également le roi et son épouse sortir du jet.

Après avoir dit à ses prestigieux hôtes tout le plaisir qu'il avait à les recevoir au nom de la Maison Kolovsky, il les pria d'excuser l'absence de Nina et d'Alexeï. Leur déception fut de courte durée, car Lavinia était très douée pour les bavardages mondains, et dès qu'ils s'installèrent dans la limousine, il admira la manière dont elle parvenait à détendre la jeune fiancée, ainsi que sa mère, très timide. Oui, il devait concéder que l'allure impeccable de Lavinia — jusqu'à cette couche de gloss brillant sur ses lèvres — correspondait à ce qu'attendait la famille royale : du glamour pur.

— Nos créateurs sont impatients de faire enfin votre connaissance, babillait maintenant Lavinia, un sourire enjôleur aux lèvres.

Elle n'avait plus rien de commun avec la jeune femme pâle et épuisée qu'il avait vue franchir le seuil du bureau, quelques heures plus tôt.

Expansive, professionnelle, elle acheva de mettre chacun à son aise jusqu'à l'arrivée devant la Maison Kolovsky de la limousine et de la voiture où voyageaient le roi et sa suite.

— Merci, lança Zakahr à la jeune femme, dès qu'ils purent laisser la princesse et les siens aux soins de l'équipe de couturiers. Vous avez eu raison d'insister pour que je vienne : il aurait été impensable que je n'accueille pas le roi.

— Et comment ! renchérit-elle. D'autant plus qu'en principe, ils ne font pas le déplacement... Les hommes, veux-je dire. Vous avez de la chance !

Zakahr ne voyait pas bien pourquoi, mais il suivit la jeune femme dans la pièce où étaient présentés les modèles les plus extravagants et s'arrêta devant la grande vitrine du centre.

— Voilà..., murmura Lavinia. C'est celle dont elles rêvent toutes. La robe de mariée Kolovsky.

Comme il demeurait silencieux, elle insista :

— Elle est magnifique, n'est-ce pas ?

— C'est une robe, répondit-il avec indifférence.

Elle rit.

— Non, ce n'est pas une robe ! C'est *la* robe ! A l'origine, elle a été créée pour servir à l'une des filles Kolovsky ou à l'épouse d'un fils de la famille. Enfin, c'était le désir de Nina et d'Ivan...

Mais ce commentaire ne parut pas davantage émouvoir son compagnon.

— C'est un objet de fantasme pour *toutes* les femmes, reprit-elle en s'approchant de la vitrine. Je n'exagère pas. Moi aussi, j'ai rêvé de cette robe bien avant de la découvrir.

Zakahr n'avait pas l'intention de rester bêtement ici, à se tourner les pouces tout en causant chiffons ; sans un mot, il tourna les talons.

Mais la jeune femme se remit aussitôt à marcher derrière lui et le rattrapa pour recommencer son incessant caquetage.

— Je m'endormais en me représentant mon mariage, et je vous jure que c'était bien cette robe que je portais : c'est la robe de tous les rêves !

— Vous vous endormiez en songeant à votre mariage ? répliqua-t-il, au moment où ils pénétraient dans un ascenseur.

— Oh, je n'avais que huit ans ! se défendit-elle, les joues rosies.

— Vous n'en rêvez plus, désormais ?

— Parfois, si, murmura-t-elle.

Cette sincérité le stupéfia.

— Mais je reviens vite à la réalité, enchaîna-t-elle.

Comme les portes s'ouvraient devant eux, elle lui décocha un clin d'œil complice.

Se montrait-elle délibérément provocante ? Zakahr ne pouvait en être certain, et ce doute l'irritait. Il y avait quelque chose d'étrange, chez Lavinia. Elle était directe et naturelle, souriante et avenante… Mais il avait la nette impression qu'elle avait bien les pieds sur terre, qu'elle restait avant tout réaliste et pragmatique. Et l'association de ces éléments contradictoires l'intriguait.

— Nous avons beaucoup à faire, lança-t-il, comme ils revenaient dans le bureau. Nous commencerons les entretiens individuels avec les employés demain, mais je tiens à m'adresser dès cet après-midi à l'ensemble de la maison. Avertissez les ressources humaines.

— Ce n'est pas possible, répliqua-t-elle. Les gens ont des réunions, des rendez-vous, et…

— Faites ce que je vous dis, la coupa-t-il.

— Mais le fait est que…

— Le fait est que c'est *moi* qui dirige cette maison, désormais, reprit-il avec agacement. Et quelle qu'ait pu être votre relation avec votre précédent patron, renoncez à entretenir la même avec moi. Quand je dis que je veux que quelque chose soit fait ce n'est pas une invitation à parlementer. Quel soir devons-nous dîner avec le roi ?

— Euh... mercredi. Mais je ne vais jamais aux dîners. On me fait confiance pour me charger de temps à autre de l'accueil à l'aéroport, mais en aucun cas pour...

— Eh bien, à partir de maintenant, vous serez en charge de ce genre de choses aussi, trancha-t-il. Vous venez d'avoir une promotion.

— Mais je n'en veux pas !

La réplique lui avait échappé. Lavinia adorait son travail. Il lui était parfois arrivé d'envier certaines missions confiées à Kate, mais pour rien au monde elle n'aurait changé son poste contre le sien. Ce n'était pas seulement parce qu'elle ne disposait pas des qualifications requises. Il y avait Rachel, sa scolarité, mais aussi Nina — trop de gens qui comptaient sur elle à tout moment pour qu'elle accepte une charge supplémentaire.

— Vous serez augmentée, observa-t-il.

— Mais cela n'a rien à voir avec l'argent... Je suis occupée...

— Trop occupée pour travailler ? riposta-t-il en fronçant les sourcils. Ecoutez, je ne suis pas en train de vous *offrir* une promotion, mais de vous dire que j'ai besoin d'une assistante. Par conséquent, soit vous acceptez, soit vous m'obligez à reconsidérer mon choix.

— Q... Quoi ? Vous entendez me renvoyer ?

Il leva les yeux au ciel et soupira.

— Si je n'ai pas d'assistante, à quoi peut me servir l'adjointe d'une assistante ?

Cette fois, Lavinia sentit le sol se dérober. Cet

homme odieux la dévisageait, ou plutôt la *scrutait*, espérant visiblement un faux pas pour la congédier… Il était donc inutile de plaider sa cause…

— Félicitations, répondit-elle d'un ton vif et enjoué.

— Pardon ?

Elle obtenait au moins cette satisfaction ! Le visage de Zakahr exprimait la plus totale confusion…

— Je serai très fière de tenir ce rôle auprès de vous, précisa-t-elle.

Il resta interdit une fraction de seconde mais parut retrouver sa contenance en un éclair.

— Parfait. Dans ce cas, allez chercher vos affaires pour vous installer dans le bureau principal. Ensuite, vous ouvrirez votre agenda pour annuler tous vos rendez-vous.

Il avait prononcé ces mots avec un détachement exemplaire, comme s'il s'agissait d'une demande banale et pleinement légitime.

— A partir de maintenant, conclut-il, votre temps m'appartient.

4.

Lavinia n'avait jamais travaillé si dur, sur un rythme aussi intense.

Elle rédigeait et expédiait des e-mails en rafale, courait en tous sens pour prendre note des ordres de Zakahr ou lui transmettre une information, et elle dut se résoudre à envoyer par mail à l'ensemble de la maison une convocation qu'elle augmenta de la mention « Obligatoire » avec un point d'exclamation en rouge. Elle avait toutefois obtenu de son patron de ne pas convoquer l'équipe de couturiers dévolus à Jasmine.

Ces tâches effectuées, elle alla préparer la salle où une troupe de mannequins splendides et de photographes allaient assurer une séance de photos, autour de la vedette : Rula, le nouveau visage de la Maison Kolovsky, faisait ses premiers essais.

Enfin, elle mit à jour tous les fichiers de Kate.

Naturellement, Zakahr n'allait pas la remercier pour tout ça, songea-t-elle en venant prendre son sac dans le bureau. Ce fut tout juste s'il leva les yeux de son dossier quand elle pénétra dans la pièce.

— Tout est en ordre, annonça-t-elle. Je serai de retour avant 14 heures.

— De retour d'où ?

— De déjeuner !

Devant l'expression de son patron, elle se demanda si elle venait de prononcer un gros mot.

— J'ai l'autorisation de faire une pause pour le déjeuner, non ? reprit-elle.

Comme pour lui donner raison, elle vit un livreur portant des sacs à l'enseigne d'un luxueux traiteur déposer son chargement à l'entrée du bureau.

— Nous allons manger en travaillant, déclara-t-il.

— Je ne peux pas, opposa-t-elle. J'ai un rendez-vous. Chez le médecin.

Elle était rusée, songea Zakahr avec colère.

— Désolée, conclut sèchement Lavinia, avant de tourner les talons, sans même attendre la réaction de son patron.

Au lieu de quoi, elle se dirigea vers l'ascenseur à grandes enjambées, ignorant le soupçon de culpabilité qui la tenaillait. Oh, bien sûr, elle venait de mentir, mais elle n'aurait pas eu à le faire si Zakahr l'avait laissée sortir déjeuner !

Mais une chose était sûre : s'il avait su ce qu'elle allait faire, il serait devenu fou de rage…

Tant pis. Elle savait ce qu'elle avait à faire.

— Bonjour, Nina.

Nina ne leva pas la tête. Elle était en train de parler toute seule en russe, à voix base, mais Lavinia alla tout de même droit vers elle pour la prendre dans ses bras et l'embrasser sur les deux joues.

S'efforçant de ne pas trahir le choc qu'elle ressentait, Lavinia se mit aussitôt à bavarder. Mais à la vérité, elle était bouleversée : en à peine deux jours, la malheureuse femme semblait avoir vieilli de dix ans.

Elle avait pourtant réussi à assister au mariage de

son fils. Gavée de tranquillisants, très belle dans sa superbe robe Kolovsky, elle n'avait cessé d'arborer un faible sourire, tandis que Lavinia restait à son côté, ne la quittait jamais des yeux et lui tenait le bras. Cependant, l'assistance n'avait pas été dupe.

Aujourd'hui, ses cheveux étaient mal coiffés et ternes, son vernis à ongles s'écaillait, et elle ne portait plus de maquillage ; au lieu de l'un de ses traditionnels tailleurs de soie, elle portait une blouse d'hôpital.

Lavinia n'avait pas sous les yeux la Nina qu'elle côtoyait depuis plusieurs années, mais une vieille dame méconnaissable. Elle était d'autant plus désolée pour elle qu'elle savait que Nina — la vraie Nina — n'aurait jamais toléré que quiconque la vît dans cet état.

— Je vais vous coiffer, dit-elle en allant chercher une brosse dans la salle de bains. Ensuite, je m'occuperai de votre manucure.

Nina ne répondit pas. Elle restait assise, à marmonner quelque chose d'inaudible en russe. Lavinia se mit malgré tout au travail. Mais au moment où elle se mit à lui polir les ongles, Nina prononça à haute voix :

— Il me hait. Tout le monde me hait.

— Non, pas moi, Nina, assura Lavinia avec douceur, ainsi qu'elle le faisait depuis ce jour terrible, à jamais gravé dans sa mémoire.

Après son accident et sa convalescence, Alexeï était revenu au bureau pour livrer une bataille sans merci à sa mère, bataille dont l'enjeu était le contrôle de la Maison Kolovsky. Nina s'était associée depuis quelque temps à l'homme d'affaires russe Zakahr Belenki, lui accordant sa confiance. Et celui-ci, à distance, l'avait bercée d'illusions, lui laissant entrevoir de faramineux profits… Mais ainsi que l'avait rapidement deviné Alexeï, les changements recommandés pour parvenir à ce résultat pouvaient également les mener au désastre.

Lorsque Alexeï avait enfin pu rencontrer Zakahr, il avait vite compris : l'homme d'affaires qui manipulait Nina n'était autre que son frère caché, celui dont il avait découvert l'existence alors qu'il n'était qu'un enfant.

Lavinia se rappelait très distinctement l'instant où, de son côté, Nina avait appris que Zakahr était son propre fils. Il avait fallu qu'elle la soutienne, tandis qu'Alexeï lui révélait sans ménagement la vérité, et le sort qu'avait connu Riminic, après son abandon à l'orphelinat et sa fuite dans les rues…

Le choc avait été trop violent.

— Ils ne me pardonneront jamais, murmura-t-elle.

Elle répétait sans cesse cette phrase, encore et encore, comme si elle en était prisonnière.

— Votre famille a seulement besoin d'un peu de temps pour digérer tout cela, répondit Lavinia avec patience. Annika a essayé de venir, Alexeï a téléphoné alors qu'il est en voyage de noces… Levander vous contacte régulièrement depuis l'Angleterre, et Josef est venu vous voir.

— Je les dégoûte tous.

Lavinia réprima un soupir et se concentra sur la pose du vernis à ongles. Parfois, elle ne savait vraiment plus que répondre.

— Ils ont besoin de temps, répéta-t-elle.

— Je n'avais pas le choix…, plaida Nina.

Mais Lavinia n'avait pas non plus l'intention de se laisser manipuler. Cela lui rappelait trop sa mère.

— On a toujours le choix, dit-elle. Mais vous avez sans doute cru prendre ce qui était la meilleure décision possible, à l'époque.

— J'aurais dû tenter de le retrouver, murmura Nina.

Lavinia, qui ne pleurait jamais, sentit ses yeux s'emplir de larmes à ces mots.

Les ongles qu'elle tentait de peindre devinrent très flous et, durant un bref instant, elle fut incapable d'articuler un son. Car oui, Nina *aurait dû* tout faire pour le retrouver. Ils étaient si riches, si puissants… Elle aurait dû chercher son fils ! Lavinia se sentait également bouleversée à la pensée que l'homme rigide et sombre qu'elle avait rencontré ce matin avait été le bébé que Nina avait autrefois abandonné.

— Pourquoi ne l'avez-vous pas fait ? interrogea-t-elle. Pourquoi ne pas avoir essayé de le retrouver ?

— J'ai vu combien tout le monde me détestait quand Levander est arrivé en Australie… Quand ils ont découvert que sa mère était morte, et qu'il avait été élevé à l'orphelinat…

Lavinia lui ramena les cheveux en arrière. Peu à peu, Nina se montrait plus explicite et Lavinia, horrifiée, comprenait qu'elle savait tout depuis le début…

— Levander n'est pas mon fils et ils me haïssent déjà pour ce que j'ai fait, reprit Nina. Je ne peux même pas imaginer ce qu'ils penseraient si on savait qu'il y a pire : que j'ai abandonné aussi mon propre enfant.

— Eh bien, il faudra pourtant faire face, lâcha Lavinia en ravalant la colère qui sourdait en elle. Vous devez y faire face parce que c'est la vérité.

— Est-ce qu'il demande de mes nouvelles ? s'enquit soudain Nina d'un ton suppliant en se tournant vers elle. Est-ce que Riminic parle de moi ?

— Nina…

Lavinia secoua la tête, agacée.

— Il ignore que je connais sa véritable identité. Pour moi, officiellement, il est Zakahr Belenki, un collaborateur de la Maison Kolovsky nommé pour reprendre les rênes de l'entreprise puisque Alexeï ne s'occupera plus que de la ligne Krasavitsa et que vous n'allez pas bien.

— Il est beau, n'est-ce pas ? Comment ai-je pu ne pas voir qu'il était mon fils ? Comment ai-je pu le regarder dans les yeux sans le reconnaître ?

— Vous avez peut-être eu trop peur, suggéra Lavinia.

Elle jeta un coup d'œil à l'horloge ; il était dommage de partir au moment où Nina se décidait à parler, mais elle n'avait pas le choix.

— Il faut que j'y aille, Nina.

Celle-ci lança alors :

— Comment va votre sœur ?

Lavinia hésita à répondre. Elle s'était toujours confiée à Nina, mais le moment semblait mal choisi pour évoquer ce sujet.

— Elle va bien.

— Elle aime l'école maternelle ?

— Oh oui, répondit Lavinia en songeant au petit visage sérieux de Rachel — un visage où n'apparaissait que rarement un sourire.

Comme Zakahr…

— Vous vous battez pour elle, observa Nina en levant une main pour lui caresser la joue d'un geste tendre.

Lavinia en resta interdite. C'était à n'y rien comprendre… Elle avait vu le pire, chez cette femme. Elle avait entendu des horreurs à son sujet, et avait réussi à rester à son service même quand elle tentait d'évincer Alexeï de l'entreprise familiale. Avec le passé si lourd que portait Nina — à commencer par l'abandon de son propre fils —, il était difficile de ne pas la détester, de ne pas la mépriser… Pourtant, parfois, elle était capable de la gentillesse la plus pure.

— Embrassez-la pour moi, conclut-elle.

— Je n'y manquerai pas, répondit Lavinia en se levant pour prendre congé. Il faut que je m'en aille.

Elle courut pour arriver avant Zakahr. Mais hélas, au moment où les portes de l'ascenseur s'ouvraient, elle tomba nez à nez avec lui.

Il l'avait prise de court.

— Ça s'est bien passé, avec votre médecin ? s'enquit-il.

— Non, pas très bien, dit-elle en grimaçant.

— Oh, j'en suis désolé, rétorqua-t-il d'un ton sarcastique.

Çà alors… Il se moquait d'elle !

Toute la matinée, déjà, il l'avait malmenée. Or, elle n'était pas du genre à se laisser intimider ! En outre, elle ne supportait plus de sentir son cœur s'emballer chaque fois qu'il la regardait ainsi, comme s'il cherchait à lire au fond de ses yeux toutes les pensées les plus privées qui lui traversaient l'esprit.

Elle le suivit vers la grande salle où il allait faire son discours à l'ensemble des employés.

Il ne paraissait pas nerveux du tout.

Elle le vit même s'adosser à un mur et lire tranquillement ses messages sur son mobile, pendant que la responsable des ressources humaines décrivait en termes excessivement flatteurs son parcours à un auditoire attentif.

— Attendez une seconde…, chuchota Lavinia.

Elle se précipita vers Zakahr et rectifia son nœud de cravate, exactement comme elle l'aurait fait avec Alexeï — ou comme elle aurait alerté Nina si elle s'était aperçue que ses collants filaient. Mais à peine l'eut-elle effleuré qu'elle regretta d'avoir accompli ce geste.

Il lui saisit brutalement le poignet.

— Qu'est-ce que vous faites ?

Zakahr n'avait jamais été porté sur les effusions et détestait les contacts physiques gratuits. Or, il était évident que cette femme avait l'habitude de flirter et de tout se permettre y compris tripoter son patron, comme s'il était sa propriété.

— Je… Désolée, bafouilla-t-elle. C'est seulement l'habitude…

Lavinia se sentit rougir, tandis qu'un profond malaise la submergeait. Jamais elle n'avait eu l'intention d'esquisser un geste ambigu à son égard ! C'était pourtant ce que semblait dire le regard sombre qui se posait sur elle avec dureté.

Il lâcha enfin son poignet, mais pour poser la main sur sa nuque ! Affolée, le cœur battant à se rompre, elle crut alors, une fraction de seconde, qu'il allait l'attirer vers lui pour l'embrasser… Mais elle le sentit rabattre une étiquette à l'intérieur de son chemisier et elle s'efforça de ne pas frissonner, tandis que ses doigts effleuraient sa peau.

Enfin, il lui décocha un sourire moqueur et elle lutta pour ne pas défaillir ; l'avertissement qu'elle venait de recevoir avait été violent.

Cet homme était dangereux.

Diaboliquement dangereux.

— C'est mieux, déclara-t-il. Cette étiquette mal placée m'agaçait.

— Mais je me contentais simplement de refaire votre…

Secouant la tête, il interrompit ses explications et déclara d'une voix glaçante :

— Pas de petits jeux avec moi. Vous ne savez pas à qui vous avez affaire.

Des applaudissements fusèrent alors que la responsable des ressources humaines lui faisait signe de le rejoindre sur l'estrade, et Lavinia resta immobile, incapable de comprendre ce qui venait de se produire.

Dès qu'il fut devant les employés, elle vit un sourire chaleureux se dessiner sur le visage de Zakahr. Ses yeux gris embrassèrent l'ensemble de l'auditoire, et dès qu'il se mit à parler, celui-ci parut conquis.

— Beaucoup de rumeurs, de spéculations, entourent cette maison, déclara-t-il de sa voix grave, dans le micro. Je ne peux pas les faire cesser, mais j'espère au moins dissiper vos angoisses aujourd'hui.

Médusée, Lavinia vit peu à peu les employés se détendre, à mesure qu'il expliquait être prêt à écouter chacun et assurer la pérennité de la maison.

Une expression soulagée apparut sur chaque visage. Mais elle entendait encore l'écho de sa tirade glaciale :

« Vous ne savez pas à qui vous avez affaire. »

Oh, si !

Riminic Ivan Kolovsky avait appris la haine dès le plus jeune âge, et l'avertissement qu'il venait de lui donner était cinglant : elle avait intérêt à conserver ses distances.

Elle ne lui faisait pas confiance, et n'avait aucune sympathie pour lui… Alors, pourquoi avait-elle ressenti ce désir étrange, inexplicable et si intense, un moment plus tôt, lorsque sa main s'était posée sur elle ?

5.

Aucun patron au monde ne pouvait aussi peu motiver ses collaborateurs, et pourtant, elle allait devoir se remettre au travail après une nouvelle nuit blanche, songea Lavinia en se retournant pour la centième fois dans son lit.

Non seulement elle s'inquiétait sans cesse au sujet de Rachel, mais elle était maintenant poursuivie par le souvenir de cet incident avec Zakahr. Seigneur, elle n'avait jamais eu l'idée de flirter avec lui, et elle était encore indignée par sa réaction. Dans l'obscurité, elle revoyait la scène défiler sous ses yeux… Avait-elle flirté, finalement ? Un tout petit peu… ? Sans relâche, elle rejouait au ralenti le film de ces quelques secondes et se rappelait l'intensité de ses émotions lorsqu'il avait posé ses doigts sur sa nuque.

Le matin venu, épuisée, elle se hâta de courir au bureau. Mais, comme de bien entendu, Zakahr s'était débrouillé pour y arriver avant elle. Elle prépara du café et lui en porta aussitôt une tasse ; il ne leva même pas le nez de ses papiers pour la remercier. En revanche, il la pria sèchement de lui apporter les dossiers de certains employés. Tout en s'exécutant, elle pesta contre toutes ses rêvasseries de la nuit passée et se demanda si elle était devenue folle d'avoir souhaité

— même un quart de seconde ! — être embrassée par un être aussi arrogant.

La vie au bureau devenait infernale, et Lavinia regrettait le bon vieux temps ; celui où elle avait loisir de papoter avec ses collègues devant la machine à café… L'époque où elle discutait avec Alexeï des nouveaux projets de la maison, puisque ici, ils partageaient tous la passion des belles pièces et du travail bien fait.

Même Kate aurait su rendre cette atmosphère moins rigide !

Avec Zakahr, il n'y avait que le travail, le travail, toujours le travail… Et l'interdiction d'y prendre plaisir.

Comme la veille, il la contraignit à enchaîner les besognes administratives sur un rythme effréné, et elle eut bientôt le sentiment d'avoir effectué un marathon en faisant six fois le tour de tous les services.

En milieu d'après-midi, elle sentit une étrange faiblesse la gagner alors que Zakahr lui dictait une liste interminable de courriers à envoyer, et elle dut s'asseoir sur le grand canapé de cuir.

A son bureau, face à elle, Zakahr la dévisageait. Il ne semblait ni inquiet, ni impressionné. A vrai dire, il avait plutôt l'air exaspéré.

Mais le vertige était trop fort, et Lavinia fut forcée de s'allonger, sans tenir compte de son froncement de sourcils.

— Je ne dors pas très bien en ce moment, prévint-elle en étendant ses jambes. Je suis désolée…

Il fallait qu'elle lui parle… Oh, bien sûr, elle ne pouvait pas tout lui dire, mais mieux valait avouer une partie de ses problèmes si elle tenait à conserver son poste. Sans quoi, elle allait se faire renvoyer *manu militari*.

— J'ai des problèmes personnels, expliqua-t-elle.

J'ai à peine dormi durant le week-end parce que je m'inquiétais trop. Et la nuit dernière, je ne me suis pas plus reposée…

Zakahr la contemplait lavec inquiétude. Elle redressait légèrement la tête pour lui parler, et il aurait préféré qu'elle ne bouge pas. Elle était pâle… Etait-elle vraiment malade ?

Il avait l'habitude d'être entouré d'une nuée d'assistantes qui répondaient au doigt et à l'œil et devançaient parfois ses demandes, sachant ce qu'il attendait… Mais dans une situation où il naviguait lui-même à vue et où une seule personne tenait le double rôle de secrétaire et de guide d'une maison qu'elle connaissait mieux que lui, il pouvait comprendre que la jeune femme soit épuisée.

Jurant entre ses dents, il se leva, passa dans la petite salle d'eau attenante à son bureau et revint vers Lavinia avec une serviette de toilette mouillée.

Avec un « merci » inaudible, elle la prit et se tamponna le visage.

— Je suis vraiment désolée, répéta-t-elle.

Ses joues avaient repris un peu de couleur, et il se sentit rassuré : c'était un simple malaise. Mais sa faiblesse était évidente et elle n'était pas en état de se remettre au travail.

— Je peux tout vous expliquer…, insista-t-elle.

— Ce n'est pas nécessaire, répondit-il. Reposez-vous.

Voyant qu'elle tremblait, il retira sa veste et la déposa sur elle avant de retourner à son bureau pour finir d'étudier un dossier.

Quand il leva les yeux, la jeune femme était profondément endormie.

*
* *

Il était près de 19 heures. Ayant passé tout l'après-midi à voir les employés dans une petite salle située un étage plus bas, Zakahr revint vers son bureau. Il trouva son assistante à son poste, devant son ordinateur, la trace du coussin sur la joue.

— Je ne sais vraiment pas quoi dire ! s'exclama-t-elle dès qu'il fit son entrée dans la grande pièce.

Visiblement confuse, elle esquissa un sourire, baissa les yeux et murmura :

— Je vous remercie de votre compréhension. Et de m'avoir laissée dormir…

Elle se leva lentement, prit son sac et ajouta d'une voix où perçait l'angoisse :

— Eh bien, je vous verrai demain… Enfin, si vous voulez toujours que je travaille pour vous, bien sûr.

— Et vous ? répliqua-t-il. Etes-vous certaine de vouloir ce travail ?

— Evidemment !

Seigneur, c'était vital ! Il fallait à tout prix qu'elle ait un travail stable.

— Dans ce cas, déclara Zakahr en soupirant, je vous suggère de rentrer vous mettre au lit et de tâcher de dormir, cette nuit. D'autre part, vous devriez essayer d'avaler quelque chose, au lieu de miser à cent pour cent sur la caféine.

Bon sang, pourquoi l'exaspérait-elle à ce point ? Il n'aurait su le dire. Et il comprit encore moins quelle mouche le piquait quand il s'entendit poursuivre :

— D'ailleurs, nous devrions aller tout de suite manger quelque chose.

Etait-il fou ? Pourquoi dîner avec elle ?

La jeune femme marqua un temps de surprise.

— Je n'ai pas très envie de dîner dans un restaurant chic, ce soir, répondit-elle. D'autant plus que nous devrons passer la soirée de demain avec le roi. Pour tout vous dire, j'aimerais bien rentrer à la maison, prendre un bain et me mettre au lit.

— Il faut absolument que vous mangiez. Et moi aussi, assena Zakahr.

Lavinia était agréablement surprise. Zakahr l'avait conduite dans un petit restaurant italien charmant, et le tête-à-tête qu'elle avait d'abord souhaité éviter se déroulait très bien : ils discutaient avec simplicité, presque aussi naturellement que de vieux amis se retrouvant après des années.

Le risotto aux asperges et au parmesan qu'elle avait commandé était délicieux.

Stupéfait, Zakahr regardait sa compagne manger de bel appétit. Son visage, encore très pâle un moment plus tôt, s'était mis à rayonner, et ses grands yeux d'un bleu méditerranéen brillaient maintenant d'éclats dorés. Il était évident que ce repas était exactement ce dont elle avait besoin.

— Vous vous sentez mieux ? s'enquit-il.

— Oh oui, beaucoup mieux, admit-elle.

Pour une fois, la compagnie de cet homme ne représentait pas une suite de défis à relever, et elle avait le sentiment de pouvoir baisser la garde.

— Vous devriez prendre soin de vous, observa-t-il.

— Oh, je prends soin de moi, je vous assure. Enfin, d'habitude.

Zakahr attendait qu'elle veuille bien lui en dire davantage. Ses talents d'intervieweur se prolongeaient bien au-delà des horaires de bureau et, au fil des années, il avait parfait toutes les techniques possibles pour connaître un interlocuteur. D'autre part, afin d'en dire le moins possible sur sa vie privée, il s'efforçait toujours d'inciter l'autre à parler de la sienne. Toutefois, la jeune femme n'était pas une interlocutrice facile. Elle recourait au même subterfuge ! Depuis le début du repas, chaque fois qu'il avait tenté de connaître un peu sa vie, elle lui avait retourné une question sur la sienne.

— C'est-à-dire ? interrogea-t-il.

— Oh, des problèmes de famille, répliqua-t-elle avec un geste évasif de la main. Comme tout le monde. Vous savez ce que c'est : vous n'êtes pas en reste de drames familiaux, n'est-ce pas ?

Sidéré, il resta la fourchette en l'air, pris de court par cette contre-attaque, et se demanda même durant un instant s'il avait bien entendu.

Que venait-elle de dire ?

Avalant une gorgée d'eau, il se rassura en se répétant qu'il était *impossible* que son assistante ait été au courant du secret que le clan des Kolovsky s'évertuait à étouffer.

— Vous faites partie d'une famille nombreuse ? s'enquit-il en tâchant de ne rien trahir de sa stupeur.

— J'ai une demi-sœur, répondit-elle.

Elle parut hésiter, mais finit par ajouter :

— Ma mère est morte l'an dernier.

— J'en suis désolé, dit-il poliment.

— Oh, elle a vécu beaucoup plus longtemps que je ne l'aurais cru, répliqua la jeune femme en haussant les épaules, une lueur amère dans les yeux. Je n'aurais jamais pensé qu'elle franchirait les quarante ans. Ma mère, elle, ne prenait pas du tout soin d'elle.

— Et votre père ? Vous le voyez ?

Elle marqua un bref silence.

— Je n'ai pas de père. Enfin, je ne…

Comme elle se mordait la lèvre, il reprit :

— Vous n'êtes plus en contact avec lui ?

Elle le fixa droit dans les yeux et rétorqua :

— Je ne l'ai jamais connu. Ma mère ne sait pas qui était mon père.

— Je vois…

— J'en doute.

Son ton était acerbe, mais elle posa ses couverts et se pencha vers lui pour ajouter plus bas :

— Ecoutez, il faut que je vous explique quelque chose. Ma demi-sœur est beaucoup plus jeune que moi. Elle vit avec son père et la nouvelle compagne de celui-ci. Il m'était déjà très difficile d'être séparée d'elle quand ma mère était en vie… Mais maintenant qu'elle n'est plus là, c'est cent fois pire. Kevin ne veut pas vraiment d'elle, je le sais. Pas plus que sa compagne. J'essaie d'obtenir la garde de Rachel, mais ils s'y opposent.

Zakahr releva les yeux, incapable d'imaginer Lavinia, l'icône de la mode toujours si élégante, s'occupant d'une petite fille. Mais à la vérité, depuis qu'il avait fait sa connaissance, elle ne cessait de le surprendre.

— Je ne comprends pas, dit-il. Ne venez-vous pas de dire qu'ils ne veulent pas d'elle ? Quel âge a-t-elle ?

— Quatre ans. Non, ils ne veulent pas d'elle. Mais ma mère avait une assurance-vie et un portefeuille dont les bénéfices vont aux tuteurs de Rachel, jusqu'à sa majorité. Il ne s'agit pas d'une grosse somme, mais c'est assez pour qu'ils veuillent garder l'enfant et toucher cette rente. Ils nient être intéressés, mais je sais que c'est la vérité.

— Ah ? Comment le savez-vous, exactement ?

— Le père de Rachel a déjà deux garçons plus âgés qui lui coûtent cher, et sa compagne a deux filles d'une première union. En outre, ils viennent d'avoir un bébé ensemble.

— Eh bien, voilà une grande famille, observa-t-il.

La jeune femme était tendue, et un pli d'inquiétude marquait maintenant son front.

— Rachel n'a pas sa place chez eux, à leurs yeux, reprit-elle. Elle est intelligente, très sérieuse, et ils n'ont jamais de temps à lui accorder. Quand je lui achète des vêtements, je m'aperçois à la visite qui suit que ce sont ses sœurs qui les portent, tandis qu'elle est vêtue n'importe comment. Elle passe presque tout son temps enfermée seule dans sa chambre.

Il vit une larme briller au coin de ses yeux.

Après avoir avalé une bonne gorgée d'eau, elle poursuivit :

— C'est très difficile à expliquer… J'ai l'autorisation de la voir une fois tous les quinze jours, mais si je me permets la moindre remarque, on me retire aussitôt le droit de lui rendre visite la fois suivante.

— Hum. Donc, vous gardez le silence.

— Pouvez-vous imaginer combien il est difficile de se taire quand on voit un enfant souffrir ? répliqua-t-elle d'une voix vibrante de douleur.

Zakahr ne répondit pas.

— Je me suis arrangée pour l'inscrire dans une école maternelle qui accepte les enfants avant l'âge requis, expliqua-t-elle. J'ai dit à Debbie…

— La compagne ? interrompit-il.

— Oui, acquiesça-t-elle. Je lui ai dit que Rachel avait besoin de ce cadre. J'ai fait comme s'ils avaient besoin d'être soulagés, comme si je comprenais la charge qui leur incombait… Mais en vérité, je voulais que Rachel sorte de son isolement, qu'elle fréquente d'autres enfants dans une structure où l'on tiendrait compte de sa précocité, de son appétit de savoir et de sa personnalité. Et puis surtout, j'ai voulu la tenir éloignée de ces gens durant la majeure partie de la journée. J'espérais aussi qu'une institutrice saurait voir ce qui n'allait pas.

— Et alors ? C'est arrivé ?

Cette fois, il lut un profond désespoir dans les yeux de Lavinia.

— Elle est arrivée un matin le bras couvert d'ecchymoses, souffla-t-elle. C'est pourquoi elle a été envoyée en foyer d'accueil vendredi dernier. Je pensais que c'était moi qui obtiendrais sa garde ! J'étais persuadée que c'était automatique… Mais en fait, depuis ma demande, je fais l'objet d'une *évaluation* !

Elle avait prononcé ce dernier mot avec un mélange d'incompréhension et de dégoût.

— L'ennui, enchaîna-t-elle, c'est que j'ai moi-même été trimballée d'un foyer d'accueil à un autre durant mon enfance, et…

— Et c'est un point qui plaide *contre vous* ? demanda-t-il, choqué. C'est insensé ! De toute façon, vous êtes désormais une adulte responsable. Vous avez un bon travail…

— Mais c'est très récent, soupira-t-elle. Et dans ma jeunesse, il a fallu que je gagne de l'argent en faisant toutes sortes de petits boulots. Mannequin, serveuse… mais aussi danseuse.

Zakahr hocha la tête.

— Pas ballerine dans un opéra, je suppose…

— Non. Et même si je n'en rougis pas, car c'est ce qui m'a permis de suivre des études supérieures, c'est un élément qui ne plaide pas en faveur d'une grande sœur qu'ils jugent trop jeune et pas assez installée.

Zakahr la considéra avec attention en silence, et suggéra enfin :

— Vous avez consulté un avocat ?

— Qu'est-ce qu'un avocat peut y faire ? rétorqua-t-elle. C'est l'administration qui décide.

— Vous disiez que Kevin prend soin de ses deux fils ?

Elle hocha la tête en signe d'assentiment.

— Alors, pourquoi pas de Rachel ?

— Je ne sais pas. Il préfère peut-être les garçons. Mais je dois reconnaître qu'il s'intéresse au bébé, et que c'est une fille.

— Il faut que vous preniez conseil. Contactez un avocat.

Lavinia ouvrit des yeux ronds. Ce genre de suggestion était sans doute naturel pour un milliardaire, mais en ce qui la concernait, elle n'avait pas vraiment les moyens de s'offrir ce luxe.

— Je vais m'en tenir à Mlle Hewitt, l'assistante sociale, soupira-t-elle en lui souriant.

Il ne lui rendit pas son sourire. Il était contrarié. Pas par son récit, mais par ce qu'il évoquait pour lui : sa propre famille.

S'il avait été là, Alexeï aurait-il tenté de régler ce problème pour la belle Lavinia ? Et Nina ? Pourquoi n'avait-elle rien fait, alors qu'elle disposait d'une armada d'avocats toujours sur le pont ?

— Vous avez besoin de parler à quelqu'un, conclut-il, rechignant à être impliqué lui-même dans un problème qui n'était pas le sien, mais tout aussi incapable de ne pas donner son avis.

— Ce dont j'ai besoin, nuança-t-elle, c'est de conserver mon travail. Alors je vous remercie de m'avoir écoutée, et je vous promets qu'après une bonne nuit de sommeil, je serai de nouveau une assistante irréprochable !

Il secoua la tête.

— Non, écoutez-moi : vous ne pouvez pas vous charger de cette affaire sans l'aide d'un avocat.

— Mais je m'en charge déjà, insista-t-elle. J'ai au moins l'avantage de connaître tous les rouages du système. En outre, Mlle Hewitt a également été mon assistante sociale, il y a quelques années… Quel dommage qu'on ne puisse pas choisir sa famille…

Lavinia resta songeuse un instant. Elle aurait peut-être dû s'en tenir là, mais elle savait aussi qu'elle ne pouvait plus garder le secret. Aussi enchaîna-t-elle très vite :

— Zakahr, je sais qui vous êtes.

Elle le regardait droit dans les yeux. Mais il resta imperturbable.

— Vous ne devriez pas écouter tous les ragots qui circulent, répliqua-t-il.

6.

— Les gens ont beaucoup trop peur de vous pour raconter quoi que ce soit à votre sujet dans votre dos, opposa Lavinia. J'étais là, quand Alexeï en a parlé avec Nina, quand il l'a forcée à avouer que vous étiez son fils.

— Que je l'avais été, corrigea-t-il.

— Vous l'êtes encore, insista-t-elle.

— Ces gens-là ne sont pas ma famille.

— Alors pourquoi êtes-vous venu ici ? demanda-t-elle. Si vous ne voulez rien avoir à faire avec eux, pour quelle raison êtes-vous aux commandes de l'entreprise ?

— Pour récupérer ce qui me revient de plein droit, mentit-il.

Il n'allait tout de même pas lui confesser son intention de détruire cet empire.

— Vous pourriez essayer de parler avec elle, plaida-t-elle.

Oh, bien sûr, Lavinia avait conscience de s'aventurer en terrain miné. Elle n'avait pas à se mêler de ce sujet beaucoup trop sensible… Mais comment oublier la détresse de Nina ?

— Au moins, essayer d'écouter ce qu'elle a à dire, ajouta-t-elle.

Cette fois, il se raidit.

— Je peux excuser un retard, je peux pardonner

l'insolence et je peux comprendre que vous soyez vulnérable en ce moment, déclara-t-il d'un ton glacial. Mais n'essayez jamais de me donner des conseils sur ma famille.

Lavinia déglutit avec peine et hocha la tête.

— Bien. Mais dans ce cas, qu'est-ce qui vous donne le droit de me conseiller sur la mienne ?

— Le simple fait que j'ai raison, s'écria-t-il.

— Eh bien, moi aussi ! s'exclama-t-elle en se levant.

Durant un moment, Zakahr fut incapable de l'imiter. Il digérait encore très mal le fait que son assistante soit au courant de son secret. Et puis, il n'était pas habitué à avoir une conversation sur sa vie privée. Pourtant, il appréciait la compagnie de la jeune femme… Malgré la difficulté qu'il avait à aborder ce sujet, il appréciait ses manières simples et directes, si inattendues…

Mais Lavinia avait pris son sac et regardait maintenant sa montre.

— Allons-y, conclut-il en se levant à contrecœur.

Ils firent le chemin du retour à pied, en silence, dans l'obscurité.

— Qu'a-t-elle dit ? demanda-t-il enfin, comme ils approchaient du parking de la Maison Kolovsky. Qu'est-ce que Nina a dit quand elle a appris que j'étais son fils ?

— Elle a poussé un cri. Ou plutôt, une sorte de gémissement terrible. La scène qui a suivi a été la plus triste à laquelle j'aie jamais assisté.

Zakahr haussa les épaules.

— Elle ne mérite aucune sympathie.

— Elle n'en demande pas, opposa Lavinia.

Bon sang, il était si étrange de parler de cela…

Durant trente-six ans, il n'en avait jamais dit mot. Il avait vécu seul avec ce poids. Pourtant, avec une facilité déconcertante, Lavinia était parvenue à lui faire aborder le point le plus sensible de sa vie.

— Vous auriez peut-être intérêt à écouter ce qu'elle a à vous dire, reprit-elle d'une voix douce.

Il s'agissait moins d'un conseil que d'une tentative de réconfort. Néanmoins, Zakahr se raidit immédiatement.

— Il n'y a rien à discuter avec cette femme. Vous devriez le comprendre. Vous-même, vous avez coupé les ponts avec votre mère, non ?

— Disons plutôt que j'ai renoncé à la changer, observa-t-elle.

Mais Zakahr ne voulait plus parler de tout ça. Et à présent qu'ils pénétraient sur le parking désert, il songeait à tout autre chose.

Lavinia était d'une beauté spectaculaire.

Même sans rouge à lèvres, sa bouche était pulpeuse et sensuelle, et en dépit de son manque de sommeil, elle était irrésistiblement attirante. Zakahr avait envie de la conduire à son hôtel. Il en était sûr, la nuit serait délicieuse en sa compagnie…

Pour lui, le sexe avait toujours été comme une sorte d'anxiolytique : c'était merveilleux pour le sommeil — et une fois la boîte vide, il suffisait de la remplacer par une autre.

— Merci beaucoup, déclara-t-elle avec un sourire quand ils parvinrent devant sa voiture. C'était vraiment très agréable.

— Nous pourrions prolonger notre discussion, suggéra-t-il.

— Non, j'ai besoin de mon lit, répliqua-t-elle. Plus précisément, d'un bon bain et de mon lit.

Ce programme convenait très bien à Zakahr, et il

fut sur le point de lui avouer qu'il avait exactement la même chose en tête. Mais il connaissait suffisamment les femmes pour savoir qu'une telle réplique la braquerait. Or, il savait ce qu'il avait à faire : il lui suffisait de pencher la tête et d'embrasser langoureusement la jeune femme pour que le bain et la nuit à l'hôtel deviennent envisageables.

Mais à l'instant où il se pencha vers elle, elle tourna la tête. Puis, elle l'embrassa sur la joue, comme pour le remercier de lui avoir offert une bonne soirée.

— Merci encore, répéta-t-elle, avant de se précipiter dans sa voiture. A demain matin ! Passez une bonne nuit.

Lavinia fonça hors du parking en s'efforçant de ne pas regarder dans le rétroviseur — ni de faire demi-tour pour recevoir le baiser qu'elle venait de refuser.

Le cœur battant, elle rejoignit rapidement le centre-ville.

Que penserait Zakahr, si elle avait le courage de lui dire la vérité ? Comment réagirait-il s'il savait que l'assistante de Kolovsky, toujours élégante et sûre d'elle, n'avait strictement aucune expérience avec les hommes — et que le baiser qu'il avait voulu lui donner aurait été le premier ?

Oui, elle flirtait un peu, parfois… Elle disposait même d'un talent exceptionnel en la matière. Un talent hérité de sa mère, qu'elle avait assimilé sans en prendre conscience et qui lui échappait.

Pourtant, il n'y avait aucune manipulation chez elle. Durant un temps, cela lui avait permis de survivre : une adolescente contrainte de travailler comme mannequin, serveuse ou danseuse, se devait de se comporter comme une femme parfaitement à son aise. Ravie de la voir ramener de quoi les faire vivre, sa mère l'avait toujours encouragée à recourir à toutes les astuces de la séductrice.

Mais désormais, elle avait vingt-quatre ans et travaillait pour la Maison Kolovsky. Si elle avait tendance à user encore de ces subterfuges, c'était avec beaucoup plus de subtilité. Jamais elle n'avait vu en Levander ou en Alexeï des proies fortunées — elle appréciait leur compagnie, elle les admirait, et c'était seulement pour cette raison qu'elle prenait soin d'être élégante et sexy. Malgré toutes les rumeurs qui avaient pu circuler dans les bureaux, rien ne s'était jamais passé, et elle n'en avait jamais eu envie.

Mais flirter avec Zakahr n'avait rien d'innocent… Elle réalisait même à quel point c'était dangereux : aussi dangereux que de taquiner un tigre enfermé dans une cage. Car elle pressentait qu'elle ne pourrait dompter cet homme-là…

Et elle était donc soulagée d'avoir esquivé son baiser, ce soir.

Tout en reprenant le chemin de l'hôtel, Zakahr ressentait un intense soulagement.

Il avait eu le temps de réfléchir.

Non seulement Lavinia savait tout de son passé, mais elle était engagée dans une terrible bataille pour récupérer sa petite sœur, Rachel.

De son côté, il avait dépensé des sommes d'argent faramineuses pour les enfants défavorisés, maltraités ou abandonnés. Chaque fois qu'il achetait une société, il créait une œuvre de charité : cette méthode avait en outre le mérite d'impliquer le personnel dans un processus de responsabilisation, puisque les bénéfices d'une entreprise augmentaient les fonds mis à disposition de ces œuvres.

Il était fier de cela. Mais la conversation qu'il venait d'avoir avec la jeune femme lui rappelait qu'il s'était enfermé dans la solitude. Il avait réussi à mettre son passé derrière lui, et il était déterminé à ne plus jamais se pencher dessus. Or, même s'il était resté passif en écoutant le récit de Lavinia, le seul fait de l'entendre parler de Rachel avait rouvert des plaies béantes en lui.

Sans le vouloir, elle avait de nouveau mis en mouvement les torrents de haine qui coulaient dans ses veines, réveillant tous ses vieux démons.

Non, il n'avait pas besoin de Lavinia et de ses problèmes.

En rentrant dans sa suite, il ôta sa veste.

Elle était imprégnée du parfum de la jeune femme.

Agacé, il retira également sa chemise.

Puis, il alla se verser un verre de cognac. Son séjour ici devait durer un mois, et une semaine avant son départ, il aurait pris sa décision.

La Maison Kolovsky n'existerait plus.

Tout ce qui lui restait à faire, c'était de mettre son plan à exécution.

Lavinia se trouverait un autre travail, se dit-il en avalant nerveusement une gorgée d'alcool. Mais des frissons désagréables lui parcouraient la nuque.

Zakahr quitta le salon de la suite pour gagner la salle de bains, où il se rafraîchit le visage.

Alors qu'il cherchait une serviette, il aperçut le reflet de son dos dans les grands miroirs. Comme des tatouages, ses cicatrices racontaient leur histoire.

Zakahr avait traversé l'enfer en récoltant chacune d'elles.

Il était rare qu'il les examine, mais ce soir-là, il le fit. Il se rappela ses seize ans, et ses journées à lutter pour survivre dans la rue. Endurci et teigneux, il avait appris à se défendre, mais la vérité, c'était qu'il était également terrorisé.

Mais il avait alors un objectif. Et aujourd'hui, il avait réussi à l'atteindre, il le touchait du bout des doigts. Non, il ne devait pas oublier pour quelle raison il se trouvait ici.

De toute façon, il avait maintes fois essayé. Et il n'avait jamais pu y parvenir.

Cet homme était impossible, songeait Lavinia, furieuse, le lendemain matin, après avoir passé quelques heures à obéir aux ordres aboyés par son patron acariâtre. Oui, il était impossible, arrogant, insupportable… Et les images troublantes, sensuelles, qui lui traversaient parfois l'esprit constituaient donc la preuve qu'elle était folle à lier…

D'ailleurs, elle allait s'interdire de penser à lui, se dit-elle en attrapant le journal pour lire son horoscope.

Les étoiles vous pressent de suivre le conseil qui vous a été donné…

Etait-ce une plaisanterie ? Lui suggérait-on de suivre les conseils que lui donnait son insupportable patron ?

— Bonjour, Lavinia.

Elle sursauta et se retourna. Un instant désarçonnée, elle se rappela qu'elle avait toujours cette réaction devant Josef, le jumeau d'Alexeï.

En jean noir et T-shirt, il était ici à titre privé et ne paraissait pas de la meilleure humeur.

— Il est là ? demanda-t-il.

— Oui, répondit Lavinia avec un large sourire.

— Comment ça se passe ? enchaîna-t-il.

Lavinia leva les mains avec fatalisme.

— Mais que fais-tu à ce bureau ? demanda encore Josef.

— Je suis la nouvelle assistante de direction.

Cette déclaration déclencha l'hilarité de Josef. Lavinia se mit à rire avec lui.

— Et c'est comment, de travailler avec lui ?

— Disons qu'à côté de lui, vous êtes tous très dociles. Mais laisse-moi l'avertir que tu es ici.

— Inutile, intervint Zakahr, qui apparut sur le seuil du bureau, le visage fermé. Vous pouvez continuer à lire votre journal, Lavinia.

Zakahr ferma la porte. Josef s'était déjà installé dans le canapé, ce qui l'irrita : cette désinvolture donnait l'impression que Josef se croyait ici chez lui.

Et que tout lui appartenait. Y compris Lavinia…

Mais pour le moment, mieux valait se sortir cette idée de la tête.

— Comment ça se passe ? demanda Josef.

Il n'avait pas du tout l'air gêné à l'idée d'avoir été surpris en plein bavardage avec son assistante. L'arrogance était donc un trait commun de leur patrimoine génétique !

— Comment trouves-tu la maison ? poursuivit-il.

Zakhar ne répondit pas.

— Lavinia se débrouille bien, en tant qu'assistante ?

Zakahr soupira. Il n'avait aucune intention de perdre son temps en bavardages de convenance.

Comme s'il avait deviné ses pensées, Josef reprit :

— Je viens de rendre visite à notre mère.

— *Ta* mère, corrigea aussitôt Zakahr. C'est elle-même qui a fait ce choix.

Le jour où elle l'avait abandonné, elle avait cessé d'être sa mère.

— J'ai longuement discuté avec son psychiatre, précisa Josef. Son état mental est extrêmement fragile. Je ne voulais pas venir t'en parler, mais après avoir discuté avec Annie, ma femme, je me suis dit qu'il fallait au moins que tu sois au courant. Ce que tu feras de ces informations ne concerne que toi, mais Nina veut te voir, elle veut te parler…

— Et ensuite, tout sera oublié ? interrompit Zakahr d'un ton tranchant. A ta place, je vérifierais les compétences de son psychiatre, parce que si elle se trouve réellement dans un état de grande vulnérabilité, voudra-t-il vraiment que je lui dise ce que j'ai à dire ? *Tout* ce que j'ai à dire ? Il pense que je vais lui pardonner ?

— Il l'a avertie des risques de ce face-à-face à ce stade de sa cure, mais elle veut désespérément te voir.

— Dis-lui que c'est trop tard, répliqua Zakahr. Trente-six ans trop tard.

Josef hocha la tête, se leva et s'apprêta à sortir. Il n'était pas venu ici pour se disputer, ni pour supplier, et il avait toujours su que sa démarche était délicate.

Mais alors qu'il parvenait sur le seuil, il se retourna.

— Annie et moi avons invité Annika et Ross à dîner à la maison samedi. Nous serions heureux de te voir…

Comment formuler cette invitation ? Il en savait si peu sur cet homme, son frère… En réalité, ils n'avaient pas invité Annika et Ross, mais si Zakahr acceptait de se joindre à eux, il savait que sa sœur et son beau-frère ne manqueraient pas de venir.

— Et si tu veux venir accompagné, n'hésite…

— Tu ne comprends toujours pas, l'interrompit Zakahr en s'enfonçant dans son fauteuil pour le dévisager. Je ne suis pas venu ici pour d'émouvantes retrouvailles avec ma « famille ».

Il grimaça en prononçant ce dernier mot.

— Je respecte Alexeï. Mais tous les autres…

— Nous ne savions pas !

— Vous n'avez pas *voulu* savoir, opposa-t-il, tandis que Josef secouait la tête en signe de dénégation.

— Nous sommes tous dévastés par cette histoire, Riminic…

A peine eut-il soufflé ce prénom que Josef se maudit. Quel imbécile ! Mais il avait passé la matinée à entendre sa mère crier de désespoir et répéter le prénom du bébé qu'elle avait abandonné… Néanmoins, il se trouvait en ce moment face à l'homme qui supportait si peu son passé qu'il avait changé d'identité et choisi un autre nom.

— Zakahr, se reprit-il très vite, je…

— Sors.

Zakahr n'avait pas crié. Mais l'ordre était sans appel.

Riminic.

Riminic, le fils d'Ivan Kolovsky.

Ce prénom répété des milliards de fois…

Il sentit la sueur lui perler au front au souvenir de tout ce que ce Riminic avait vécu, enduré, supporté.

Plus jamais il ne voulait entendre ce prénom. Nina pouvait bien mourir en le hurlant, mais *lui*, il ne l'entendrait plus.

7.

— C’est parfait, murmura Lavinia en se contorsionnant en tous sens pour apercevoir son dos dans le miroir, tandis que Katina la perchait sur une paire d’escarpins aux talons vertigineux.

Katina ne plaisantait pas : Lavinia allait ce soir représenter la maison auprès d’une famille royale, et le choix de la tenue était donc exclusivement réservé à la couturière, qui avait tenu à lui faire porter un fourreau de soie d’un ton pêche.

— Tu avais raison, reprit-elle. Pourtant, je n’aurais pas osé opter pour cette couleur.

— Je te l’avais bien dit, répondit Katina, qui examinait attentivement chaque détail de la robe, mais aussi du maquillage et de la coiffure de Lavinia.

Sa chevelure blonde avait été lissée et montée en chignon dont retombaient quelques anglaises soyeuses. Grâce à un maquillage professionnel, ses yeux paraissaient d’un bleu plus intense que jamais, mais son rouge à lèvres avait été choisi dans un ton naturel.

Ayant passé en revue chaque détail, Katina s’éclipsa.

A quelques pas de là, Zakahr se débattait avec sa chemise devant une psyché. Lavinia s’approcha et le vit cligner des yeux quand il se retourna vers elle.

— Vous êtes somptueuse ! s’exclama-t-il.

— Merci ! répliqua-t-elle, ravie. Je sais que j’ai

d'abord voulu refuser ce travail, mais je dois dire que j'adore les avantages qui l'accompagnent !

— C'est de la soie Kolovsky ?

— Bien sûr. Comme votre cravate, d'ailleurs, dit-elle en lui tendant l'accessoire.

Il grimaça.

— Non, ça va m'étouffer. Et puis, je choisis moi-même mes cravates.

— Pas quand vous m'accompagnez ! répliqua Lavinia d'un ton autoritaire. Mettez-la.

Depuis son arrivée dans la salle d'essayage, Zakahr avait été stupéfait par les réactions de Lavinia. Contrairement à toutes les femmes qu'il avait pu côtoyer, elle acceptait facilement les compliments, avec le sourire, et cette simplicité lui plaisait.

Quant à l'ordre qu'elle venait de lui donner, il était parfaitement déplacé, et Zakahr s'en serait formalisé avec n'importe qui d'autre… Mais il n'ignorait pas qu'il se devait, lui aussi, de représenter l'élégance de la Maison Kolovsky ce soir. Aussi noua-t-il sagement la cravate gris argenté autour de son cou.

— Vous savez, lança Lavinia, on dit que la teinte de la soie Kolovsky change selon l'humeur de celui qui la porte.

— C'est grotesque.

— Cette cravate était d'un bleu profond. Je vous le jure. Maintenant, elle est d'un gris très froid…

Elle sourit et ajouta :

— Il s'accorde avec le gris de vos yeux.

Zakahr ne put s'empêcher de la considérer avec attention. La robe qu'elle portait semblait d'or, et des éclats de feu apparaissaient chaque fois qu'elle bougeait, dansant comme une aura autour de son corps de liane.

— J'ai intérêt à être très vigilante et à ne pas l'abîmer, reprit Lavinia. Katina ne me le pardonnerait jamais !

— Comment cela ? Vous ne garderez pas la robe ? s'étonna-t-il.

— Mon Dieu non ! C'est un prêt pour la nuit… Tout comme moi, ajouta-t-elle avec un sourire mutin, en jetant un coup d'œil vers l'horloge. Je suis à votre disposition jusqu'à 11 heures.

Zakahr aurait voulu qu'il s'agisse de 11 heures du matin… La jeune femme se tenait maintenant si près de lui qu'il résistait de toutes ses forces au désir de l'embrasser.

Les effluves de son parfum venaient caresser ses narines, et la superbe soie lourde qui enveloppait sa poitrine lui donnait envie de découvrir par lui-même cette peau satinée, diaphane, d'en connaître la douceur. Oui, il brûlait de glisser ses doigts autour de cette taille de guêpe et de percer les secrets de ce corps si fin, si souple…

Cette femme était décidément d'une beauté renversante. Et ce soir, elle lui appartenait.

— La presse est là, souffla Lavinia, effarée, comme la limousine s'arrêtait devant le restaurant.

Et elle se sentit encore plus horrifiée lorsqu'elle comprit, en sortant de voiture, que cette foule de paparazzi n'était pas venue pour mitrailler la famille royale ! C'était clairement l'homme qui l'accompagnait qui excitait leur attention.

— Oh, Seigneur…

Elle sentit un frisson lui courir sur la peau. Elle ne s'était pas préparée à cela ! Les photographes dont elle avait l'habitude prenaient leurs clichés dans le studio de la maison, et l'espèce de fièvre qu'elle perçut autour d'elle la mit profondément mal à l'aise.

— Ignorez-les, ordonna Zakahr.

Elle leva les yeux vers lui. De son côté, il ne trahissait aucun malaise.

Lorsqu'il posa une main dans son dos, au moment où les flashes fusaient bruyamment, elle manqua défaillir.

Enfin, ils s'engouffrèrent à l'intérieur, et elle dut faire face à une seconde surprise : leurs hôtes n'étaient pas arrivés, et elle allait donc devoir s'installer seule avec Zakahr.

Dans ce restaurant gastronomique étoilé, où un immense lustre de cristal brillait de mille feux, elle se sentait si peu dans son élément… Un silence pénible s'installa dès qu'ils prirent place à leur table, dans un coin retiré d'une superbe salle.

Lavinia prit une longue inspiration, puis une autre, mais c'était comme si son corps ne savait plus comment respirer. Son sang pulsait à ses tempes, et chaque fois que le regard de son patron se posait sur elle, elle aurait voulu disparaître sous terre.

— Je vous offrirai du champagne plus tard, annonça Zakahr. Evitons d'absorber de l'alcool avant l'arrivée de nos invités.

— Oui, je préfère m'en tenir à l'eau, approuva-t-elle.

Fort heureusement, les trois membres de la famille royale firent bientôt leur entrée, et Lavinia se sentit soulagée.

Très vite, elle put se concentrer sur la princesse sans être distraite par la présence de Zakahr.

Contrairement à la reine, la princesse Jasmine était voilée, en respect de la tradition qui voulait que les femmes non mariées se dérobent aux regards, dans son pays.

— Les femmes d'aujourd'hui savent ce qu'elles veulent, observa la reine en souriant tendrement à sa fille. Jasmine sait exactement quelle robe elle souhaite porter le jour de ses noces. Vous risquez d'avoir une tâche compliquée, car en vertu de nos traditions, la mariée doit être dévoilée en plusieurs étapes au cours de la cérémonie. Kolovsky est la seule maison de couture occidentale en laquelle nous pouvions avoir toute confiance pour tenir compte de tous les éléments.

— Oh, vous pouvez faire confiance à nos couturiers pour être fidèles à vos attentes, assura Lavinia avec un sourire rassurant.

Puis, elle se tourna vers Jasmine, car elle souhaitait sincèrement établir un contact agréable avec la jeune fille.

— Alors, dites-moi tout ! A quel genre de robe avez-vous pensé ? Je suis impatiente de voir nos couturiers se mettre au travail !

Ce dîner aurait pu être difficile, songeait Zakahr, qui se réjouissait du tour qu'avait pris la soirée. Mais comme à son habitude, Lavinia était très à l'aise dans les mondanités, et son naturel faisait des merveilles : elle discutait à bâtons rompus avec la princesse et sa mère, et les trois femmes riaient gaiement en picorant dans leurs plats.

De son côté, Zakahr appréciait la compagnie du roi Abdullah, un homme d'une intelligence aiguë, qui ne se lassait pas de l'interroger sur ses affaires. Zakahr fit de son mieux pour répondre à ses questions et apprit par ailleurs beaucoup de choses sur le royaume prospère du souverain.

— Ma fille passe un moment très agréable, observa

soudain le roi en lorgnant du côté des dames. Lavinia est une jeune femme charmante.

Elle l'était, oui, admit Zakahr pour lui-même, en rencontrant le regard de son assistante, qui se mit aussitôt à rougir.

Lavinia se mordit la lèvre. Autour d'elle, les gens parlaient, riaient et trinquaient, mais elle ne parvenait pas à voir autre chose que l'homme superbe assis près d'elle. Chaque fois qu'elle croisait son regard, une sorte de boule de feu se formait au creux de son estomac, et elle était contrainte de détourner les yeux.

— Je vous prie de m'excuser un instant, dit-elle en se levant pour se rendre aux toilettes.

Elle se rendit dans le ravissant boudoir réservé aux dames et, après s'être rafraîchie, s'assit un instant dans un fauteuil où elle poussa un long soupir. Il fallait qu'elle se ressaisisse.

Petit à petit, Zakahr était parvenu à fissurer son armure, et cela la paniquait complètement.

D'ordinaire, elle savait comment tenir les hommes à distance, songea-t-elle. Refusant de ressembler à sa mère, elle pouvait fréquenter des hommes, flirter un peu avec eux, mais demeurer insensible à leurs avances et ne jamais franchir le cap fatidique d'une relation amoureuse.

Mais cet homme-là la privait de tous ses moyens avec une facilité aussi déconcertante que dangereuse.

— Tout va bien ? s'enquit Zakahr au moment où elle regagna la table.

Les cafés avaient été servis en son absence. Autour de la table, tout le monde semblait détendu. Jasmine avait changé de siège et discutait maintenant avec son père.

— Oui, merci. Ce repas était très réussi, répondit-elle.

Malheureusement, la soirée avait été tellement réussie que le roi proposa de leur rendre leur invitation dès qu'ils quittèrent le restaurant.

— Nous serions très heureux de vous avoir pour hôtes avant notre retour au pays. Je prierai mon secrétaire de vous contacter afin que nous arrangions quelque chose.

Il serra chaleureusement la main de Zakahr et ajouta, un sourire amusé aux lèvres :

— Vous savez, j'étais sceptique au sujet du choix de ma fille, et j'ai d'abord songé à faire préparer cette robe chez nos couturiers attitrés... Mais je me félicite désormais d'avoir cédé à sa demande.

Zakahr s'inclina respectueusement devant lui, et la famille royale s'engouffra bientôt dans la grande limousine qui l'attendait.

Lavinia poussa un soupir de soulagement dès qu'elle vit la voiture s'éloigner. Elle se sentait épuisée, ses talons aiguilles la torturaient, et bien qu'elle eût à peine goûté au vin, elle avait l'impression d'être un peu ivre.

Leur voiture les ramena en un instant devant l'immeuble de la société, et ils arpentèrent une nouvelle fois le parking où elle devait récupérer son véhicule.

— Merci, dit-elle en sortant les clés de son sac.

Zakahr la contemplait, fasciné. Une longue anglaise s'était échappée de son chignon et caressait sa joue. Il brûlait d'en sentir la texture soyeuse sous ses doigts...

D'ordinaire, il n'avait pas besoin de regarder une femme au fond des yeux pour s'assurer qu'elle le désirait ; c'était *toujours* le cas.

Mais Lavinia était plus difficile à déchiffrer.

Etrangement, il appréciait sa compagnie. Il oubliait même, parfois, la raison de sa venue dans ce pays, la haine qu'il nourrissait pour les Kolovsky et son projet de vengeance. En sa présence, il souriait, se surprenait même à rire… Pourquoi ne pas prolonger un peu ce plaisir et devenir plus intime avec elle ?

— Et le champagne ? opposa-t-il. Je vous l'ai promis.

Lavinia aurait voulu refuser d'un ton sans réplique, mais un curieux vertige s'emparait déjà d'elle.

Elle avait envie de champagne… Envie d'être dans le lit de cet homme.

Oui, avec lui, elle avait envie de plonger dans la passion.

Etait-elle en train de perdre la tête ?

— Lavinia ?

Elle l'entendit prononcer son prénom, mais ne releva pas la tête. Elle se contentait de fixer les clés de voiture qu'elle tenait entre ses mains.

A l'instant où elle sentit ses doigts effleurer son front et ramener une mèche de cheveux derrière son oreille, elle dut lutter contre un élan dévastateur, qui lui dictait de se jeter dans les bras de Zakahr.

Elle rêvait de sentir enfin le contact de son corps contre le sien, de savourer ses baisers, de se griser du goût de ces lèvres…

Comme tétanisée, elle était incapable de lever les yeux vers lui.

Alors il se pencha vers elle. Cette fois, quand il voulut poser ses lèvres sur les siennes, elle n'opposa aucune résistance et demeura immobile.

Tandis qu'une myriade de frissons la parcourait et qu'une fièvre délicieuse embrasait son corps tout entier, elle ferma les yeux et s'abandonna à la pression à la fois ferme et tendre de sa bouche.

Bientôt, elle répondit à son baiser. Les mains chaudes et puissantes de Zakahr couraient sur sa taille, et son cœur se mit à battre follement. C'était exquis. Le goût de miel de sa bouche, son parfum viril et entêtant, cette étreinte ensorcelante…

Pour la première fois de sa vie, elle recevait un baiser, et c'était encore plus prodigieux que tout ce qu'elle avait pu rêver : elle adorait les caresses dont il la couvrait, ainsi que ce soupçon de tendresse dans son baiser de plus en plus audacieux et emporté.

A cette heure avancée de la nuit, le parking était désert. Cachés par la voiture, ils étaient à l'abri des regards, et elle sentit son pouls s'affoler quand il rabattit les bretelles de sa robe pour faire courir ses mains expertes sur ses épaules nues, avant de chercher sa poitrine, de glisser ses mains sous la dentelle de son soutien-gorge. Durant une fraction de seconde, elle se raidit. N'allait-il pas trouver ses seins trop petits ? Mais la fièvre de leur étreinte l'emporta bientôt… L'urgence du désir l'envahit elle aussi. Elle défit elle-même le zip de sa robe, et étouffa un gémissement quand il posa une main sur l'un de ses seins.

C'était comme si tout son corps était en ébullition. Tout en lui appelait les caresses de Zakahr, sa bouche, ses mains… Il se pencha à son oreille pour murmurer :

— Viens avec moi… Je veux que tu m'accompagnes à l'hôtel.

Cette invitation la fit frissonner d'excitation, mais…

Non ! Elle ne pouvait le suivre. C'était impossible. Il ignorait que… Et elle n'aurait jamais le courage de le lui avouer maintenant…

Elle s'arracha péniblement à son étreinte et bredouilla :

— Je… Je ne peux pas.

Elle lisait sa stupeur dans son regard embué de désir…

Oh, elle aurait donné n'importe quoi pour pouvoir le suivre et passer la nuit avec lui !

— Ne… ne joue pas avec moi, Lavinia, balbutia-t-il, visiblement choqué par sa réaction.

— Je ne joue pas, assura-t-elle d'une voix tremblante.

Elle ouvrit la portière pour s'installer au volant avant de se forcer à ajouter :

— Nous devons travailler ensemble, toi et moi, et… Je pense qu'il est préférable que nous en restions là.

8.

Il ne s'agissait que d'un baiser, se répéta-t-elle pour la centième fois, avant d'aller rapporter sa robe et ses escarpins au dressing de la maison et de signer le registre.

Un baiser innocent…

Mais elle savait qu'il n'en était rien. Et en prenant l'ascenseur pour regagner son bureau, elle songea qu'elle allait pouvoir le constater dans quelques minutes, en se retrouvant face à Zakahr, après la soirée de la veille.

Elle s'y était préparée.

D'un pas assuré, la tête haute, elle franchit le long couloir de la direction.

Elle avait relevé ses cheveux en queue-de-cheval. Son ombre à paupières argentée s'accordait à la teinte de son chemisier et de son tailleur en lin gris perle, et elle se félicita d'être sur place avec vingt minutes d'avance, un sac plein de croissants dans la main, un sourire excessivement confiant aux lèvres.

— A propos d'hier, déclara-t-elle tout de go en posant ses victuailles et un café frais sur le bureau de Zakahr, je tiens à te présenter mes excuses pour mon comportement.

Zakahr manqua en tomber à la renverse.

C'était à n'y rien comprendre : avec cette femme, il allait de surprise en surprise…

Il ne s'attendait certes pas à la voir apparaître devant lui ce matin dans cette tenue éclatante, manifester un tel aplomb et oser revenir sur cet épisode. A cet égard, il admirait son courage, car à sa place, n'importe quelle autre femme aurait soigneusement éludé le sujet.

— Tu n'étais pas seule, je te le rappelle, riposta-t-il.

— Eh bien, quoi qu'il en soit, je tenais à te dire que cela ne me ressemble pas du tout. J'étais morte de fatigue, et j'avais sans doute bu trop de boissons énergisantes pour tenir debout hier.

— J'ignorais que ces boissons avaient tant de pouvoir…

Il ferma les yeux un instant pour se concentrer. Le mieux à faire, en la circonstance, était d'accepter ses excuses et de passer à autre chose.

Mais la vérité, c'était qu'il s'inquiétait pour elle. D'ici moins de trois semaines, il aurait fait venir ici une équipe pour mener l'audit, et elle perdrait son travail.

Il connaissait l'importance de ce travail dans sa vie personnelle, et même s'il n'avait aucune raison de se mêler de cela, il avait soudain envie de la prévenir.

— Ecoute, Lavinia, reprit-il en pesant chacun de ses mots, je n'aurais sans doute pas dû insister pour que tu deviennes mon assistante du jour au lendemain, et je n'ai pas mesuré ce que cela impliquait comme charge de travail supplémentaire pour toi. Je ne veux pas que ma collaboratrice dépende de boissons énergisantes…

— J'ai très bien dormi, la nuit dernière, assura-t-elle.

Tant mieux pour elle, pensa-t-il avec une pointe de ressentiment, car pour sa part, chaque fois qu'il avait tenté de fermer les yeux, il avait revu le film de leur baiser et de leur étreinte interrompue…

— Tout sera différent la semaine prochaine, reprit-elle d'un ton déterminé. Je vais voir Rachel cet après-midi, et je…

— Lavinia, l'interrompit-il, j'ai besoin de quelqu'un qui travaille à mon côté soixante heures par semaine et qui peut tout lâcher dès que le travail l'exige.

— Tu es en train de me licencier ?

— Bien sûr que non. Je suggère seulement que tu cherches une place compatible avec une vie de famille, dit-il.

— Tiens donc. Comme quoi ? Je te rappelle que je n'ai pas de qualifications.

— Je pourrais rédiger une lettre dithyrambique certifiant que tu es excellente dans ton métier, ce qui est la stricte vérité : tu es très douée pour les relations humaines, tu as de grandes qualités d'écoute avec les clients…

— Et j'adore mon travail d'assistante adjointe chez Kolovsky, conclut-elle. Dès que tu te seras trouvé une assistante en chef, je pourrai reprendre mon ancien poste.

Bon sang, il était coincé, comprit Zakahr devant la détermination de la jeune femme. Impossible de lui annoncer ce qui l'attendait sans lui dévoiler toute la vérité.

— Très bien, lâcha-t-il, avant de baisser les yeux sur sa montre et de déclarer : il faut que je me rende au studio.

Il y avait plus de deux heures que Zakahr faisait semblant d'admirer les prochaines collections de haute couture, mais ainsi que l'aurait dit Lavinia, il n'éprouvait pas la « passion du produit » requise dans ce domaine de la mode. Saturé d'ennui, il prodiguait des sourires forcés aux couturiers et les écoutait patiemment tout en guettant le moment propice pour fuir…

Il allait inventer un prétexte quand Lavinia apparut et lui tendit un dossier rempli de documents.

— Il faut que tu donnes ton accord pour le choix du nouveau mannequin de la maison, annonça-t-elle.

Comme il fronçait les sourcils, elle précisa :

— C'est urgent. Nous devons absolument envoyer les contrats aujourd'hui.

Zakahr regarda en direction de Rula : à l'autre bout du studio, celle qui devait devenir la nouvelle égérie de la Maison Kolovsky prenait la pose, dans un superbe maillot de bain, pour les photographes.

— Elle est belle, n'est-ce pas ? murmura Lavinia, qui admirait visiblement la jeune femme.

Zakahr secoua lentement la tête. L'immense brindille n'avait aucune forme, et la vision de ses cuisses aussi droites que des tiges le mettait mal à l'aise.

— Tout dépend des canons de beauté de chacun… Je la trouve squelettique.

— C'est le jeu, soupira Lavinia.

— Le jeu ? Quel jeu ?

— Eh bien, je dois avouer que je serais incapable de m'affamer comme j'ai pu le faire autrefois pour devenir mannequin dans cette maison. C'est trop dur.

— C'est inadmissible, lâcha Zakahr, scandalisé.

Mais il reporta son attention sur Lavinia et s'enquit :

— Tu retournes au bureau ?

— Non. C'est presque l'heure de déjeuner. Signe ces contrats, et je les rapporterai au service juridique avant de sortir. Je serai absente cet après-midi : après ma visite à Rachel, je vais devoir rester dans les ateliers de couture et aider Katina à me choisir une robe du soir pour le dîner avec le roi. Dans ces cas-là, tu sais que j'adore mon nouveau travail !

Zakahr faillit répondre d'un sarcasme, mais il avait déjà maintes fois eu l'occasion de constater que cela ne fonctionnait pas, avec Lavinia. Elle était décidément la personne la plus étrange qu'il eût jamais rencontrée ; incroyablement belle et sexy, incroyablement directe et forte…

Il lui fit signe de le suivre hors du studio et poussa la première porte, dans l'intention de regagner son bureau.

Mais il comprit qu'il avait pénétré dans les réserves de tissus, et lorsqu'ils longèrent une immense table visiblement réservée aux pièces les plus précieuses, Lavinia s'arrêta et l'invita à toucher l'une d'elles.

Stupéfait par la douceur de cette soie, Zakahr leva un regard interrogateur vers sa compagne.

— C'est ma préférée, murmura-t-elle.

On aurait dit qu'elle venait d'entrer dans une église.

— Regarde, insista-t-elle en passant une main sur la soie, qui se mit à bruire. Elle est beige, et là elle devient rose… Cette soie, c'est la *koja*.

Zakahr hocha la tête.

— Cela signifie la peau.

Intrigué, il la caressa à son tour, et s'émerveilla une nouvelle fois de son toucher divin. On *aurait dit* de la peau… Les reflets changeants l'hypnotisaient. Les roses viraient au doré… Il passa encore sa main sur toute la longueur du tissu. Jamais il n'aurait pensé qu'une simple soie pût être aussi érotique… Mais son excitation augmentait à chaque instant. La proximité de la jeune femme, ce silence de cathédrale, le chuintement de l'étoffe sous ses doigts…

Il réalisait pour la première fois qu'un tissu pouvait être beau. Réellement *beau*. Et il prolongea encore ce contact, devenu électrisant, quand Lavinia fit courir sa main de l'autre côté de la soie.

Bon sang, il avait l'impression de la caresser, de sentir *sa* peau sous la sienne…

— C'est divin, n'est-ce pas ? chuchota-t-elle. En principe, on utilise cette soie pour les fonds de robe. Impossible d'en faire la robe elle-même… La femme qui la porte aurait l'impression d'être nue, car le tissu est aussi fin que de la peau, n'est-ce pas ?

Sa voix semblait le caresser, et avait la même vertu aphrodisiaque que le tissu.

— Pourquoi ? demanda-t-il d'une voix rauque. Pourquoi me dis-tu toutes ces choses ?

— Je ne dis rien ! protesta-t-elle en rougissant vivement.

Seigneur, pourquoi avait-il encore interprété ses paroles dans un sens équivoque ?

— Qu'est-ce que tu veux, Lavinia ? demanda-t-il enfin.

— Je… Je ne sais pas, mentit-elle.

Elle avait envie de ses baisers. Elle voulait le sentir contre elle, comme la veille au soir, mais elle était certaine que s'il savait la vérité à son sujet, il la repousserait.

— J'essaie de ne pas penser à toi, reprit-elle avec plus de franchise.

— Et si tu cessais de lutter ? suggéra-t-il. Pourquoi résister à quelque chose que tu sais si agréable ?

— Parce que je suis sur le point de devenir une

mère de famille responsable, répondit-elle sur le ton de la plaisanterie.

Mais Zakahr n'avait aucune envie de rire.

— Précisément, opposa-t-il. Bientôt, tu passeras chacune de tes soirées chez toi, et tu devras dire adieu à ta nature passionnée qui…

— Je ne suis pas comme ça, se défendit-elle.

— Ah non ? Je n'en crois rien. Lavinia… Pourquoi résister ?

Il plongea son regard dans le sien, et elle sut qu'elle était perdue. Car dès qu'il s'empara de ses lèvres, elle lui répondit avec passion et sentit une fièvre irrépressible monter en elle. Haletante, elle le laissa relever son chemisier et caresser ses seins nus, offerts, gonflés par le désir.

Il bascula contre elle, et elle perçut l'ardeur de son érection contre son bassin. Seigneur, elle ne pouvait pas, non…

— Je… Il faut que j'y aille, lâcha-t-elle d'une voix à peine audible en s'écartant brutalement de lui. J'ai rendez-vous avec l'assistante sociale de Rachel. Je suis censée lui prouver que je suis une femme responsable…

— Je devrais peut-être t'accompagner, répondit-il d'un ton grave en la regardant droit dans les yeux, tandis qu'elle lissait sa jupe et rectifiait le tomber de son chemisier. Si elle s'imagine que tu as une relation stable, il est possible que…

— *Stable ?* répéta Lavinia avant de partir d'un rire incrédule. Tu plaisantes ? C'est comme si le mot « provisoire » clignotait en permanence sur ton front !

Zakahr ne prit pas la peine de nier et se contenta de hocher la tête en la regardant partir.

Bon sang, que venait-il de lui arriver ? Est-ce qu'il

perdait la tête ? Il venait de lui proposer de se rendre avec elle chez une assistante sociale !

Furieux contre lui-même, il prit la direction de son bureau. De nouveau, il allait passer des heures à tenter de comprendre ce qui se passait dans la tête de son étrange assistante…

Or, il voulait qu'elle soit dans son lit, et non dans ses pensées !

Tout aurait été tellement, *tellement* plus simple, si Lavinia avait pu avoir la certitude que Rachel souhaitait vivre avec elle…

Mais l'heure qu'elle venait de passer avec la petite fille s'était écoulée sans qu'elle soit parvenue à la faire rire — ou seulement sourire. Lavinia tentait vainement de se convaincre que l'enfant était épuisée. Mais à la vérité, Rachel s'était exprimée par onomatopées, refusant chaque suggestion de sa grande sœur et restant murée dans une posture de repli.

— J'essaierai de revenir te voir la semaine prochaine, conclut Lavinia, qui ne voulait pas faire de promesse impossible à tenir.

Or, elle ignorait si Mlle Hewitt la laisserait revoir Rachel si vite.

Elle ôta la ceinture du siège enfant et se pencha pour embrasser la petite fille, mais celle-ci détourna vivement la tête.

Découragée, Lavinia la laissa rentrer dans le foyer d'accueil et retint ses larmes sur tout le chemin de retour au bureau.

Elle ne pleurait jamais. Mais en cet instant, une boule se formait dans sa gorge, et son chagrin la submergeait. Elle était venue dans l'espoir de rassurer

Rachel et de passer un moment merveilleux avec elle, et au lieu de cela… La fillette s'était montrée méfiante, presque hostile.

Elle pénétra dans le hall. Alors qu'elle approchait du bureau de la direction, elle entendit des cris. Et elle resta interdite devant la foule qui se pressait dans la grande pièce : il y avait là des employés de l'équipe juridique, des gens des ressources humaines, des photographes… Tous semblaient au comble de l'indignation, mais celle qui criait le plus fort était la couturière en chef : Katina.

— Vous n'avez pas le droit de faire ça ! hurlait-elle.

9.

— Vous n'avez pas le droit de faire ça !, répéta la couturière d'un ton courroucé, en pointant un index accusateur vers Zakahr.

— Je ne fais rien du tout, répondit-il avec un calme olympien.

Lavinia voyait cependant la colère briller dans ses yeux gris. Il ne devait guère apprécier d'être interpellé avec cette vigueur.

— Vous *devez* signer ! insista Katina.

— Je n'ai à recevoir aucun ordre, répliqua-t-il.

Lavinia s'immobilisa sur le seuil de la pièce et sentit un courant d'air glacé lui caresser la nuque : en un éclair, elle venait de comprendre de quoi il retournait. Seigneur… Les photographies de Rula trônaient sur son bureau, à côté des contrats…

Il ne les avait pas signés !

— Vous essayez de couler la Maison Kolovsky, accusa Katina. Et ce n'est pas la première fois ! Vous aviez la même idée en tête, lorsque vous faisiez toutes sortes de suggestions grotesques à Nina. Si vous vous entêtez, cette fois, vous allez mettre l'entreprise en péril !

— Pourquoi ? opposa-t-il. Parce que je refuse de valider quelques clichés ?

Il désigna les photos avant de continuer :

— Ce n'est pas la vision que j'ai pour Kolovsky, voilà tout ! Maintenant, si vous voulez m'excuser, j'ai du travail. Je vous suggère de retourner vous-mêmes au vôtre.

Cela n'avait rien d'un conseil.

Il y eut encore quelques protestations, mais tout le monde partit très vite. Et elle se retrouva seule avec Zakahr.

— Ce sont des mois de travail que tu viens de jeter à la poubelle !

Son cœur battait à se rompre. Mais Zakahr s'était tranquillement posté devant la baie vitrée et fixait le trafic en contrebas, dans la rue.

Elle s'approcha lentement de lui et plongea son regard dans le sien.

— Es-tu venu ici pour détruire la Maison Kolovsky ? demanda-t-elle, tremblante, serrant les poings.

Il se contenta de hausser les épaules et de lever les yeux au ciel.

— Ne sois pas ridicule.

— Ah, c'est ridicule ? Tu avais l'intention de commercialiser du linge de lit siglé Kolovsky et de le distribuer en *supermarché* !

— C'était un *one-shot*, opposa-t-il. Une opération exceptionnelle dont les bénéfices auraient été considérables pour ma fondation en faveur des enfants maltraités. Pourquoi voudrais-je détruire ce qui m'appartient ?

— Peut-être parce que tu hais cette maison, cette famille ? rétorqua-t-elle avec aplomb.

Zakahr étudia minutieusement le visage de la jeune femme. Il était étrange d'entendre Lavinia parler de haine…

— Ta réaction est disproportionnée, observa-t-il. Tout cela n'a rien à voir avec ma famille. J'ai simplement demandé à ce que Rula revienne faire des photos quand elle aura pris un peu de poids. Je refuse d'apposer ma signature au bas d'un document qui oblige une jeune fille de dix-sept ans à mourir de faim.

— Tu ne peux pas révolutionner l'industrie de la mode.

— Ah non ? Je crois pourtant que c'est ce que je viens de faire.

De toute façon, songea-t-il, exaspéré, toutes ces discussions infernales avec des gens qui se permettaient de mettre en doute ses décisions prendraient bientôt fin. Il n'aurait plus rien à voir avec l'industrie de la mode, il n'y aurait pas de « nouveau visage » Kolovsky, et il serait lavé de tout lien avec sa « famille » biologique.

— Tu as raison, lâcha soudain Lavinia.

Zakahr se retourna et haussa les sourcils.

— Oui, enchaîna-t-elle, c'est moi qui avais tort. Tu es en mesure de changer les choses.

Et comment !

Il était enchanté qu'elle veuille enfin l'admettre. Après tout, elle était bien placée pour savoir ce qu'enduraient les jeunes mannequins. Mais il était las de cette conversation.

Il retourna vers sa table de travail et marqua un long silence avant de s'enquérir :

— Comment s'est déroulé ton déjeuner avec Rachel ?

— Pas très bien, avoua-t-elle. Je me berce peut-être d'illusions… Il est possible qu'elle n'ait pas du tout envie de vivre avec moi.

— Ne doute pas trop de toi.

— Difficile de faire autrement, reprit Lavinia, la

gorge serrée. Elle n'a manifestement aucun désir de me voir.

Mal à l'aise, Zakahr se répéta qu'il n'avait pas à se mêler de sa vie. Pourtant, il savait que son point de vue sur la question pouvait lui être utile, et il ne put résister au besoin de le lui donner.

— Ce n'est pas cela, expliqua-t-il. C'est seulement qu'elle t'en veut.

— A moi ? s'étonna-t-elle.

— Oui. Tu débarques dans sa vie habillée comme une princesse, comme si tu sortais d'un conte de fées pour venir la sauver, et puis tu la laisses dans son foyer.

— Mais je n'ai pas le choix !

— Je me contente de t'expliquer ce qu'elle ressent, reprit-il. Elle préférerait sans doute que tu ne viennes pas.

A ces mots, elle blêmit.

— Comment peux-tu dire une chose pareille ? s'indigna-t-elle.

Parce qu'il le savait. Parce qu'il parlait en connaissance de cause. Oh oui, il connaissait bien ce sujet... Et s'il regrettait de devoir se montrer aussi direct, il ne doutait pas qu'elle fût capable d'entendre la vérité.

— Quand j'étais à l'orphelinat, dit-il, un couple est venu me voir pour m'adopter. J'étais un petit garçon plutôt charmant, intelligent... Deux week-ends d'affilée, ils m'ont emmené avec eux. J'ai dormi dans un hôtel, je suis allé au restaurant... Ils voulaient me voir rire, me faire plaisir. Et puis, tout s'est arrêté du jour au lendemain.

Une douleur ineffaçable remontait en lui, à l'évocation de cet épisode.

— Tu es en train de me dire que je ne devrais pas aller la voir ? répliqua-t-elle.

— Non, tu ne comprends pas… Ne manque *jamais* une visite. Même si elle se montre désagréable, capricieuse, méchante, ingrate, tu dois répondre présente. Elle te teste. Elle attend que tu lui prouves qu'elle a raison.

— A quel sujet ?

— Sur le fait que tu ne l'aimes pas réellement et qu'un jour, tu lui tourneras le dos, toi aussi. Rachel tente de précipiter ce qui est, à ses yeux, inévitable.

— Mais je n'ai pas l'intention de changer d'avis, opposa Lavinia. Je *veux* l'adopter.

— Tant mieux. Parce que pendant ton absence, Mlle Hewitt a appelé. Elle est tombée sur le standard, mais elle a dit qu'elle rappellerait pour te convoquer la semaine prochaine. Il s'agit d'une évaluation officielle. Cela signifie qu'elle prend ton dossier au sérieux.

— Seigneur…

Lavinia porta la main à son cœur.

— Je vais peut-être pouvoir la récupérer… C'est possible ! Rachel pourrait venir vivre avec moi *dès la semaine prochaine* !

Tout n'était donc pas perdu.

— Exactement, confirma-t-il. C'est aussi la raison pour laquelle tu vas apprécier l'autre bonne nouvelle que j'ai à t'annoncer : le roi nous invite à passer deux jours sur son yacht, amarré à Sydney. Nous devons nous y rendre samedi matin. Tu devrais profiter de ce dernier week-end en célibataire…

A ces mots, Lavinia se sentit aussitôt redescendre de son petit nuage. Des émotions contradictoires la gagnaient. Un week-end *entier* sur un yacht en compagnie de Zakahr ? La perspective était si excitante que son cœur battait la chamade.

Mais…

Il fallait qu'elle lui parle.

Il fallait qu'elle parvienne à trouver les mots justes pour lui faire admettre que la femme sensuelle qu'elle était devenue à son contact n'avait *aucune* expérience des choses de l'amour…

— Aurons-nous des chambres séparées ? s'enquit-elle avec prudence.

— Bien sûr, voyons. Le roi est un gentleman.

Elle hocha nerveusement la tête et enchaîna d'un ton précipité :

— N'imagine pas que…

— Je n'imagine rien, coupa-t-il.

C'était la stricte vérité.

En l'occurrence, il *savait* ce qui allait se passer.

Le samedi matin, Lavinia était sur le parking de l'entreprise où l'attendait la limousine qui les mènerait, Zakahr et elle, à l'aéroport.

— Comment va votre fille, Eddie ? demanda-t-elle au vieil homme qui lui ouvrait galamment la portière.

Hélas, les nouvelles auraient pu être meilleures : Eddie était grand-père, mais sa petite-fille était née avec une malformation cardiaque nécessitant une intervention chirurgicale. Il était nerveux.

— Je suis navrée, dit Lavinia. J'espère que tout se passera bien. Tenez, prenez ceci : c'est pour Emily.

Elle lui tendit le cadeau qu'elle avait choisi pour la jeune maman, ainsi qu'un autre paquet, plus petit.

— L'autre est pour la princesse Jasmine, expliqua-t-elle. Il faudra le mettre à bord de l'avion. C'est fragile…

Elle fut interrompue par Zakahr qui, à sa grande surprise, était venu jusqu'ici au lieu d'attendre qu'ils passent le chercher à l'hôtel. Il claqua la portière en s'engouffrant dans l'habitacle, et Lavinia haussa les sourcils.

— Je croyais que nous devions passer te prendre…

— C'est toi qui es mon invitée, aujourd'hui et jusqu'à demain soir, observa-t-il. Et je compte bien te traiter comme telle.

Mais cette déclaration ne la mit guère à l'aise, et elle préféra ignorer le sourire prédateur de son compagnon.

De toute façon, elle s'était juré de trouver un moyen de tout lui dire avant leur arrivée sur le yacht. Cette situation ne pouvait plus durer. Elle jouait avec le feu…

Il avait éveillé chez elle quelque chose dont elle ne soupçonnait pas l'existence… Oui, elle avait envie de découvrir où la mèneraient les émotions intenses qu'il faisait naître en elle. Et cette découverte ne pourrait avoir lieu qu'avec lui. C'était une évidence.

Mais il était indispensable de l'avertir, et elle devait trouver le courage de lui parler.

Durant le trajet jusqu'à l'aéroport, elle s'efforça de se redonner confiance en songeant aux tenues somptueuses qu'elle emportait pour ce fabuleux week-end.

Katina lui avait fourni de superbes pièces, et elle avait pris le temps, la veille, d'aller choisir de la lingerie fine et un nouveau rouge à lèvres, et même de trouver un petit cadeau de remerciement pour une princesse qui, forcément, avait déjà tout !

— Tu es toujours aussi nerveuse quand tu prends l'avion ? demanda Zakahr au moment où la limousine s'arrêta sur le tarmac où les attendait le jet privé.

— Eh bien, à vrai dire…

Elle poussa un long soupir et hésita.

— Le vol dure à peine une heure, observa-t-il en fronçant les sourcils.

— Je n'ai jamais pris l'avion, avoua-t-elle en baissant la tête.

— Quoi ? *Jamais ?*

— Non. Je ne me suis jamais rendue à Sydney non plus.

Lavinia était très embarrassée par cet aveu, et elle ajouta d'un ton plus brutal qu'elle ne l'aurait voulu :

— Alors ne compte pas sur moi pour jouer les guides, sur place.

Zakahr en croyait à peine ses oreilles. Une nouvelle fois, elle le stupéfiait. Jusqu'à cet instant, il aurait mis sa main au feu que Lavinia avait fait trois fois le tour du monde au bras d'amants fortunés… Mais non. Elle était semblable à un sublime papillon, épinglé dans sa boîte siglée Kolovsky et incapable de voler.

— Tu ne risques rien, assura-t-il. Et je vais veiller à te rendre le décollage très agréable.

— Je n'en doute pas, répondit-elle sombrement.

Un moment plus tard, toutes leurs affaires étaient à bord, et Lavinia s'installa dans un confortable fauteuil en admirant le luxe de la cabine.

Un steward vint leur servir un petit déjeuner digne d'un palace, et elle se sentit soudain beaucoup moins angoissée. Elle picora quelques myrtilles et accepta une flûte de champagne. Après tout, c'était un week-end exceptionnel qui s'annonçait !

Zakahr trinqua avec elle et détourna son attention quand le jet s'élança sur la piste, si bien qu'elle ne se rendit même pas compte que le décollage avait eu lieu avant de jeter un coup d'œil par le hublot.

Enfin, comme ils étaient silencieux depuis quelques

minutes, elle ne put résister au besoin d'en savoir davantage sur le passé de Zakahr.

— Comment as-tu commencé ta vie dans les affaires ? s'enquit-elle.

— J'ai menti, répondit-il en lui décochant un sourire complice. J'étais intelligent, mais je n'avais aucun diplôme. Or, je savais que ce qui compte le plus, pour être recruté, c'est d'avoir de l'assurance. De ce côté, j'étais prêt. Je n'ai jamais manqué d'aplomb. En revanche, je n'avais ni le bon costume, ni les bonnes chaussures, ni la bonne adresse…

— La bonne adresse ?

— Oui. J'ai donc trouvé un travail de ménage dans un quartier prestigieux, pour que le courrier m'y soit envoyé. Durant une année, j'ai économisé tout ce que j'ai pu pour m'acheter un costume d'occasion, trois chemises et cinq cravates. Je savais qu'une fois passé le cap de l'entretien d'embauche, j'apprendrais vite à me couler dans le moule. Et dès que j'ai obtenu mon premier poste, j'ai investi un mois de salaire dans mon premier costume sur mesure.

— Çà alors… Quel cran. Quand je pense à la manière dont je m'y suis prise… Si j'avais su mentir, je me serais épargné beaucoup de peine pour entrer à l'université.

— Tu as suivi des études supérieures ? s'enquit-il. Dans quel domaine ?

— Je suis toujours inscrite, précisa-t-elle. J'étudie la chimie. Mais depuis que je suis entrée chez Kolovsky, j'avance beaucoup moins vite, et le processus risque encore de se ralentir si j'obtiens la garde de Rachel. Je finirai peut-être par obtenir ma maîtrise vers l'âge de trente ans !

Elle vit la surprise se peindre sur le visage de son compagnon, mais il s'abstint de tout commentaire.

L'avion allait bientôt entamer sa descente.

Zakahr perçut la nervosité de la jeune femme et lui offrit sa main pour qu'elle la serre, mais elle la refusa.

— Je n'ai plus peur, assura-t-elle. En fait, je crois que j'aime beaucoup l'avion.

Elle disposait surtout de remarquables capacités d'adaptation, songea-t-il. Il admirait son courage, sa ténacité, la volonté qu'elle investissait dans ses études. Dans le siège à côté d'elle, il sentait aussi le parfum délicat de sa chevelure dorée, et chaque fois qu'elle se penchait de son côté pour regarder le paysage par le hublot, chaque fois que sa main effleurait la sienne… il avait le plus grand mal à ne pas l'attirer vers lui pour l'embrasser avec passion.

Lavinia contempla Sydney et sa baie, qui s'étendaient maintenant sous l'appareil. A l'instant où elle se redressa, elle se retrouva à quelques centimètres du visage de Zakahr. Surprise, elle se sentit happée par son regard magnétique. Tout pouvait se jouer maintenant…

Alors, sans réfléchir à ce qu'elle faisait, elle prit l'initiative et se pencha pour l'embrasser.

Dès que sa bouche se posa sur la sienne, elle sut que c'était ce qu'elle voulait. Oui, elle avait envie de savourer la douceur de ses lèvres, leur goût de champagne, de se blottir contre cet homme qui était le seul à avoir su provoquer ce désir en elle.

Un frisson exquis la parcourut de la tête aux pieds quand il glissa ses doigts dans ses cheveux et qu'il murmura son prénom. Elle ne demandait qu'à se jeter à corps perdu dans des étreintes dont elle garderait à jamais le souvenir… Mais auparavant, elle devait lui dire la vérité.

Aussi s'écarta-t-elle doucement pour chuchoter :

— Ce pourrait bien être le week-end de toutes les premières fois…

— Tu n'as jamais été sur un yacht non plus ? demanda-t-il.

Oh, Seigneur, si seulement elle savait *comment* lui dire cela…

— Zakahr, reprit-elle d'un ton gêné, je… Non, je n'ai jamais été sur un yacht. Mais ce n'est pas ce que je voulais dire.

Elle prit une longue inspiration et déclara d'un trait :

— Je n'ai jamais couché avec un homme.

10.

Un bref silence suivit sa confession.

— Voyons, Lavinia, répliqua-t-il enfin, nous savons très bien tous les deux que…

— Que sais-tu au juste, Zakahr ?

Ce ne fut qu'à cet instant qu'il réalisa qu'elle était sincère… Ou du moins qu'elle en était persuadée. Car ce qu'elle venait de lui dire n'avait aucun sens !

— Je connais les rumeurs, enchaîna-t-elle. Je sais que les gens prétendent que j'ai couché avec Alexeï, et certains disent même que j'ai également eu une relation avec Levander. Mais ce ne sont que des rumeurs. Les gens me jugent parce que je plaisante facilement, que je suis à mon aise…

Elle lui décocha un regard de reproche.

— Toi aussi, tu m'as jugée, ajouta-t-elle.

— Non. Ce qui me trouble, Lavinia, c'est que tu m'envoies des messages contradictoires. Tu ne peux pas continuer à attiser le feu tout en…

— Ce n'est pas ce que je fais, se défendit-elle. Sauf avec toi. Je ne me suis jamais conduite ainsi avec un autre homme que toi.

Ces paroles le plongèrent dans la stupéfaction. Ils étaient en train d'atterrir, et le moment était mal choisi pour poursuivre cette conversation, mais la manière dont elle venait de plonger son regard dans le sien pour lui faire cette déclaration, l'intensité de sa voix…

— Je ne cherche pas à m'engager dans une relation, assena-t-il alors.

Il avait envie d'elle. Envie de la femme sophistiquée au maquillage parfait et aux tenues glamour qui savait rire et lui lancer des répliques pleines d'esprit…

L'autre Lavinia était beaucoup plus difficile à côtoyer, et il était déterminé à ne pas se laisser entraîner dans son univers ; celui d'une femme vulnérable et sensible qui se battait pour sauver une fillette d'un sort qu'il connaissait trop bien — qui lui rappelait une époque de sa vie sur laquelle il ne voulait plus jamais se pencher.

— Est-ce que j'ai parlé de ça ? rétorqua-t-elle.

— Je t'en prie…

— Zakahr, l'interrompit-elle, tu recommences à faire des déductions trop hâtives ! Sache que je ne veux pas d'une relation avec toi. Avec toi… je risque peut-être de souffrir, mais jamais je ne prendrais le risque de faire du mal à Rachel. Or, ce que je veux lui donner… tu serais incapable de le lui procurer.

Comme à son habitude, elle était directe… Zakahr aurait eu beaucoup à répondre, mais déjà, la porte de l'avion s'ouvrait. Une escorte du roi Abdullah les attendait sur le tarmac.

— Je ne veux pas d'une relation avec toi, reprit Lavinia en lui emboîtant le pas, mais j'ai tout de même envie d'*être* avec toi… Je veux que nous passions cette nuit ensemble.

Il ne savait que répondre. Parce que de son côté, il avait envie de bien plus qu'une nuit. Il était même sur le point de proposer une semaine : toute une semaine, au cours de laquelle il parviendrait par ailleurs à en finir avec son passé et les Kolovsky…

Mais il était impossible de poursuivre cette conversation, pour le moment. Les deux aides du roi attendaient sur le tarmac, prêts à les conduire vers la limousine qui les conduirait au yacht.

Retranchée sur une extrémité de la banquette arrière, Lavinia perçut la tension de Zakahr jusqu'à ce que la voiture se mette en route et qu'ils aient enfin la possibilité de reprendre le dialogue.

— Tu aurais dû me le dire avant, lança-t-il enfin, sur un ton de reproche.

— Ce n'est pas une information qu'il est facile de glisser dans une conversation, fit-elle observer. Quand étais-je censée te le dire ?

— Sur le parking, par exemple, là où…

— Je te connaissais depuis moins de trois jours ! protesta-t-elle.

Mais elle sentit ses joues rougir au souvenir de leur premier baiser, si passionné, et elle se rappela la manière fiévreuse dont elle y avait répondu…

— Peu importe, conclut-elle en se passant la main dans les cheveux. J'ai peut-être eu tort, à tes yeux, de ne pas t'avoir fait cet aveu plus tôt, mais cela ne doit pas forcément nous empêcher de profiter de notre séjour ici.

Dès qu'ils montèrent à bord du yacht, ils furent accueillis par le roi et sa famille. Dans l'intimité de ses proches et sur ce bateau qui appartenait à son père, la princesse Jasmine semblait toute différente.

En fait, elle était à l'opposé de la jeune fille timide qu'ils avaient rencontrée à son arrivée en Australie. Joyeuse et volubile, elle se mit à discuter avec Lavinia. Bientôt, une atmosphère de fête se fit autour d'eux, et Zakahr prit plaisir à aller savourer un rafraîchissement en compagnie du roi.

Le superbe yacht sur lequel ils allaient voyager jusqu'au lendemain quitta bien vite Darling Harbour ; la baie ensoleillée s'offrit à leurs regards, et ils profitèrent d'une vue splendide sur Harbour Bridge et l'Opera House.

Mais ce qui retenait l'attention de Zakahr, c'était moins la magnificence de ce spectacle que Lavinia elle-même : parfaitement à son aise auprès de la famille royale, elle forçait sans cesse son admiration. Et il avait d'autant plus envie de la prendre au mot et de profiter de leur séjour.

Il restait toutefois sous le choc de la révélation qu'elle venait de lui faire. Elle était donc aussi pure que les eaux translucides sur lesquelles ils voguaient… Et les ragots qui couraient dans les couloirs de la Maison Kolovsky étaient faux.

Quelque chose en lui en était profondément soulagé…

Mais il aimait ce qui était simple, sans complication. Coucher avec Lavinia ferait taire les tensions de la journée, certes, mais même si la jeune femme s'en défendait, il savait que cette liaison prendrait très vite le tour d'une *relation*.

Lavinia balaya encore du regard la « cabine » qui lui était réservée et ressemblait en tout point à une luxueuse suite de palace. Une porte de communication lui permettait de passer dans les appartements de Zakahr, et elle partageait également avec lui un superbe Jacuzzi.

La journée avait filé à une telle vitesse… Après un déjeuner fort agréable servi sur le pont, elle avait fait une sieste, puis rejoint Jasmine pour prendre le thé. Elle venait de passer sous la douche et songeait que depuis le matin, elle avait enchaîné les baptêmes. Premier vol, premier voyage à Sydney, première promenade en yacht… Cette nuit serait aussi une première fois, car malgré l'échange pénible qu'elle avait eu avec Zakahr, elle avait perçu ses regards sur elle durant toute la journée, et…

Quelques coups frappés à la porte l'extirpèrent de sa rêverie, et elle sursauta.

— Tu es prête ? demanda Zakahr.

— Presque ! répondit-elle.

— Je peux entrer ?

— Euh… Oui, lança-t-elle d'un ton affolé, en resserrant la ceinture de son peignoir en toute hâte.

Elle manqua lâcher une exclamation de surprise dès qu'elle le vit apparaître devant elle : il était torse nu, et plus beau encore que tout ce qu'elle avait pu imaginer.

Ses épaules larges et musclées étaient semblables à celles d'un athlète de compétition, et sur ses pectoraux impeccablement dessinés courait une fine toison brune…

— Dépêche-toi, dit-il en souriant. Nous ne pouvons pas nous permettre d'arriver en retard au dîner.

Elle acquiesça d'un hochement de tête, et il tourna les talons.

Ce fut à cet instant qu'elle vit son dos et qu'elle porta ses mains à ses lèvres pour ne pas crier.

Sans doute avait-il perçu son mouvement, car il

s'immobilisa un instant avant de refermer la porte derrière lui.

Lavinia poussa alors un long soupir et sentit une émotion intense l'assaillir.

Il y avait si longtemps qu'elle n'avait pas pleuré…

A l'âge de cinq ans, elle avait compris que les larmes ne servaient à rien et qu'un sourire fier s'avérait bien plus productif. Elle avait donc choisi le bonheur, choisi de manifester de la joie et une force à toute épreuve, même quand elle était submergée par le chagrin ou l'amertume.

Mais en cet instant, un sanglot l'étranglait, et elle sentait sourdre en elle une colère sans nom contre Nina et Ivan, les parents d'un bébé innocent qui avaient osé précipiter leur fils dans un monde si violent qu'il en portait encore les stigmates.

Elle avait déjà fait l'expérience de cette rage le jour où elle avait appris que Rachel était arrivée à l'école le bras couvert de bleus.

Bouleversée, elle enfila à toute vitesse une tenue très sobre — un pantalon blanc et un chemisier de soie grège — avant de rejoindre Zakahr devant leurs cabines.

— Tu es ravissante, dit-il en posant un regard admiratif sur ses cheveux, qu'elle avait lâchés sur ses épaules.

Il fronça les sourcils et désigna la boîte qu'elle tenait entre les mains.

— Qu'est-ce que c'est ? s'enquit-il.

— Un cadeau pour Jasmine.

— J'avais moi-même prévu de lui acheter quelque chose lundi…

— Oh, je n'en doute pas ! répliqua-t-elle d'un ton gentiment moqueur. Mais pour être plus précis, admets que tu avais l'intention de *me* demander de lui trouver quelque chose de beau, de cher et de très bon goût, afin de remercier le roi de son hospitalité. Je le ferai, bien sûr. Mais ça…

Elle baissa les yeux sur la boîte et sourit.

— C'est un cadeau pour Jasmine de ma part, conclut-elle.

Il y avait bien plus qu'une pointe de sarcasme dans sa remarque, mais Zakahr préféra l'ignorer.

— Tu viens, maintenant ? proposa-t-il.

Plus tard, alors que le dîner touchait à sa fin, il ressentit une vague culpabilité.

Jasmine et Lavinia parlaient tranquillement entre elles, et la princesse ouvrit son cadeau.

— Tu te rappelles ce que je t'ai dit au sujet de nos traditions ? demanda Lavinia.

Zakahr ne se lassait pas de l'admirer. Dans sa tenue très simple, elle irradiait de beauté. Cette journée sous le soleil avait posé un léger hâle sur sa peau, et sa chevelure lâchée librement semblait à la fois douce et sauvage.

— Ce n'est qu'une petite chose, enchaîna-t-elle, mais je tenais à ce que tu gardes un souvenir…

— C'est magnifique, murmura Jasmine en caressant le fer à cheval de verre bleu.

Cet objet à la fois banal et original témoignait de l'affection que Lavinia portait à Jasmine, songea-t-il. Il y avait beaucoup de délicatesse et de bienveillance dans son choix, et il était évident que la princesse l'appréciait.

— Je suis heureux de voir ma fille se faire une amie, dit le roi, tout en l'invitant à le suivre sur le pont. Vous savez, à cause de ma position, les amis véritables sont très rares. J'imagine que c'est la même chose pour vous.

— Oui, c'est vrai, admit Zakahr.

Ils étaient seuls, tous les deux, à respirer la brise nocturne, et Zakahr réalisait que jusqu'alors, il n'avait jamais remarqué qu'il n'avait guère d'amis sur qui compter…

Mais le roi Abdullah était déjà un ami, et ils resteraient sans nul doute en contact bien longtemps après le mariage, songea-t-il avec satisfaction.

Mais soudain, il s'assombrit.

Non, c'était impossible. Il n'y aurait pas d'amitié entre cet homme et lui. Car, d'ici peu, le nom de Kolovsky serait synonyme de scandale pour le roi Abdullah.

Lavinia sourit en trouvant des bougies allumées un peu partout dans sa cabine. Des pétales de rose étaient dispersés sur son lit ainsi qu'à la surface du Jacuzzi rempli d'eau parfumée aux huiles essentielles : comment résister à pareille invitation ?

Une bouteille de champagne trônait dans un seau à glace, et une large coupe de fruits rouges était offerte à leur gourmandise. Lavinia venait de passer une merveilleuse soirée, et même si elle n'avait pas bu une goutte d'alcool depuis le champagne du matin, elle se sentait légèrement grisée.

Nul doute que ce petit cérémonial romantique avait été commandé par Zakahr.

Quoi qu'il en fût, et en dépit de tout ce qui s'était passé entre eux au cours de ce voyage, elle venait de vivre une journée parfaite, et elle était déterminée à passer la nuit entre les bras puissants de l'homme qui l'accompagnait.

Ce soir, elle était prête à oser toutes les audaces. Sachant qu'il se trouvait encore sur le pont avec le roi, elle se déshabilla et, entièrement nue, une coupe de champagne en main, elle alla se plonger dans le Jacuzzi. Le jet à bulles massa chacun de ses muscles, et elle se détendit en inspirant les effluves d'huiles de lavande et de romarin.

Dès qu'elle entendit la porte de la cabine adjacente s'ouvrir, des frissons coururent sur son corps, et un soupçon d'appréhension la mit mal à l'aise durant un bref instant.

Zakahr apparut devant elle, et s'il était surpris, il n'en montra rien.

11.

— Tu es très fort, lança Lavinia d'un ton taquin, cherchant à dominer sa gêne. Tu as réussi à effeuiller des roses et allumer des bougies partout sans que je me rende compte que tu t'absentais…

— Oui, j'ai été très efficace, n'est-ce pas ? répliqua-t-il en souriant. Je ne savais même pas que je pouvais être si romantique…

Son visage redevint grave à mesure qu'il s'approchait d'elle. il s'assit au bord du Jacuzzi et se pencha pour lui demander :

— Tu en es sûre ?

Lavinia acquiesça d'un hochement de tête. Oui, elle était absolument sûre.

Les bulles avaient déjà commencé à se disperser, révélant peu à peu son corps nu, mais sa timidité avait fondu comme neige au soleil. De sa vie, jamais elle n'avait été aussi sûre d'elle.

— J'ai un peu peur, admit-elle, mais ce n'est pas de toi… Seulement de… de…

— Ta peur va disparaître très vite, assura-t-il.

Cela sonnait comme une promesse, et elle le regarda se pencher délicatement sur elle.

Lentement, il savonna ses bras, ses épaules et son cou. Puis, il lui tendit une serviette.

— Viens, maintenant, dit-il.

Elle ne s'était pas attendue qu'il se montre si tendre… Après l'avoir séchée, il se recula pour se déshabiller, et lorsqu'il ôta son T-shirt, elle put encore contempler son torse athlétique dans toute sa beauté virile.

Ils s'allongèrent l'un près de l'autre sur l'immense lit, en écoutant le murmure de la mer. Durant un long moment, il se contenta de la tenir entre ses bras. Puis, il l'attira plus près de lui et posa ses lèvres sur les siennes.

Le baiser qu'il lui donna était très différent — c'était un baiser langoureux, tentateur, ensorcelant.

Elle crut reconnaître un goût de cognac sur ses lèvres, mais peut-être perdait-elle la tête car il l'embrassait de plus en plus voluptueusement, et tout en l'enlaçant, lui faisait sentir l'ardeur de son érection.

Il était étrange de sentir le corps nu d'un homme contre le sien — étrange et délicieux. Elle découvrait la force de ses cuisses qui s'entremêlaient aux siennes, la suavité de sa peau, la rondeur de ses épaules musclées… Elle adorait caresser ce corps si ferme et viril.

Lorsqu'elle glissa les doigts dans ses cheveux noirs, il murmura quelques mots d'une voix rauque, et leur baiser devint plus passionné.

Lavinia eut l'impression d'être abandonnée quand il s'écarta pour se pencher sur ses seins et en embrasser les mamelons dardés. Cette caresse inattendue lui arracha un cri de plaisir et, bientôt, elle renversa la tête en arrière, grisée par les ondes exquises qu'il faisait naître en elle, l'invitant à poursuivre cette exploration.

Il lui murmura qu'elle avait des seins adorables, et elle savait qu'il était sincère.

Zakahr sentait la jeune femme onduler sous ses

caresses. Elle avait un corps splendide. Il ne se lassait pas de la souplesse de sa taille si fine, et sa peau veloutée agissait sur lui comme un véritable aphrodisiaque. Le fait qu'elle soit vierge le déroutait encore, mais alors qu'il taquinait de la langue la pointe de ses seins gonflés de désir, elle écarta les jambes, et il glissa les doigts entre ses cuisses pour effleurer son clitoris.

Immédiatement, Lavinia se mit à gémir. Zakahr sentit son sexe se durcir encore, mais il voulait prendre tout son temps pour explorer les secrets du corps de la jeune femme. Le souffle court, il contemplait son visage où défilaient des émotions intenses et qui le galvanisaient.

Une sorte d'ivresse s'emparait de Lavinia à mesure qu'il la comblait de caresses de plus en plus exquises, et elle s'abandonnait à lui. Des ondes la parcouraient, et c'était comme si le plaisir jaillissait de chaque particule de son corps. Elle aimait tout ce qu'il lui faisait, elle adorait le contact de ses mains, de sa bouche, le poids de son corps si viril sur le sien…

Il lui murmurait à l'oreille tous les mots qu'elle avait rêvé d'entendre, et lorsqu'il arrima son regard au sien, elle sut que le moment était venu.

Il bascula sur elle et la pénétra si délicatement qu'elle en eut le souffle coupé. La brûlure était douce, exquise, envoûtante.

Elle s'agrippa à ses épaules pour l'inviter à la pénétrer plus profondément. Leurs corps se mirent à onduler ensemble d'un seul mouvement, et elle se laissa aller au rythme primitif de son va-et-vient.

Un brasier s'allumait au plus profond de son être, et elle se retenait difficilement de lui crier les mots qui lui montaient aux lèvres… Non, elle n'avait pas le droit de lui dire ces mots-là. Elle ne pouvait pas, il ne fallait pas…

Mais à l'instant où ils atteignirent ensemble les cimes du plaisir, elle s'aperçut que c'était trop tard : elle les avait déjà laissés échapper.

Haletante, elle resta blottie au creux de son épaule quand il se retira d'elle. Dans l'obscurité, elle écouta les battements conjugués de leurs deux cœurs s'apaiser progressivement. Elle savait qu'il ne dormait pas, qu'il était simplement allongé près d'elle, contre elle…

Mais elle savait aussi qu'elle venait de dire ce qu'elle ressentait de toute son âme.

Elle l'aimait.

Lorsque Zakahr se réveilla, il sentit la main de Lavinia se promener délicatement sur son dos, et c'était comme si chacune de ses caresses, légères comme les ailes d'un papillon, effaçait ses cicatrices une à une.

Il n'oubliait pas la raison de sa présence en Australie, et il ne regrettait pas davantage de mettre sous peu son plan à exécution. Il devrait simplement éviter que Lavinia ne souffre des conséquences… Sans doute aurait-il suffi pour cela qu'il lui fasse confiance, mais la confiance n'était pas un sentiment dont il était très familier.

Lavinia le sentit se tendre, mais elle embrassa son dos musclé, ses épaules, son cou. Puis elle l'invita à se retourner pour l'embrasser avec passion.

Durant la nuit, leur corps à corps avait été tendre et langoureux, mais cette fois, une sorte d'urgence les saisissait.

Lavinia redouta d'abord de ne pas être à la hauteur,

mais dans le feu de ce désir fou, elle enroula bien vite ses cuisses autour de ses reins pour qu'il la pénètre et lui fasse encore connaître le plus prodigieux des plaisirs.

Bientôt, Zakahr sentit la jeune femme se tendre sous la force de l'orgasme. Elle cria son prénom en même temps qu'il murmurait le sien, et ils retombèrent sur le matelas l'un près de l'autre, haletants et luisants de sueur.

Un long moment s'écoula. Le soleil était déjà haut dans le ciel quand Zakahr observa :

— Nous devrions nous lever et aller prendre le petit déjeuner.

— Je suis reconnaissante à nos hôtes de leur discrétion, murmura-t-elle. Avoir mis ces cabines communicantes à notre disposition est la preuve de leur largesse d'esprit…

Elle jeta un coup d'œil vers le réveil et ajouta tristement :

— Ils vont me manquer. Ce yacht aussi. Quand je pense qu'à la même heure, demain, je serai au bureau…

A ces mots, Zakahr sentit une vague culpabilité l'oppresser. Mais après tout, l'issue serait peut-être moins pénible qu'il ne le pensait…

— Tu as beaucoup travaillé, dit-il. Pourquoi ne pas prendre un congé ? Tu pourrais te concentrer sur Rachel. Tu pourrais aussi… rester avec moi.

— Pardon ?

— Installe-toi chez moi.

Lavinia se mit à rire.

— Je suis sérieux, protesta-t-il. Tu viens de dire que tu n'avais pas envie de retourner au…

— C'était un commentaire en passant, Zakahr,

coupa-t-elle. Je pestais contre le travail, mais je ne cherchais pas à me faire inviter… Pourquoi me demandes-tu de m'installer chez toi maintenant ? Je peux désormais récupérer Rachel d'un jour à l'autre et…

— Juste pour un petit moment, plaida-t-il. Jusqu'à ce que je retourne en Angleterre.

Lavinia savait qu'elle ne pourrait pas le garder auprès d'elle indéfiniment. C'était une chose qu'elle avait accepté, et elle s'était préparée à cela afin de savourer les quelques moments qui leur appartenaient durant ce week-end. Pourquoi fallait-il qu'il lui rappelle si vite que bientôt, il aurait disparu ? Son cœur se brisait à cette pensée, mais elle conserva un ton léger pour enchaîner :

— Voyons, si je prends un congé, qui fera mon travail à ma place ?

Un bref silence suivit sa question, et elle eut l'impression qu'il était très mal à l'aise.

— Tu n'as pas à t'inquiéter de cela, finit-il par répondre. Vendredi, j'ai appelé Abigail, mon assistante habituelle. Elle sera là dès demain.

— Quoi ? Pardon, mais si, je m'inquiète !

Elle se redressa sur le lit, enroula le drap autour d'elle et s'assit pour le considérer. Elle détestait la manière détachée dont il venait de lui annoncer qu'il la remplaçait.

— J'aime mon travail, lança-t-elle avec emphase. Et j'en ai besoin… Pas question de prendre un congé. Je reste.

— Lavinia, soupira-t-il, je te répète que tu n'as pas à t'inquiéter…

Bon sang, elle était si belle… Son corps aux courbes subtiles semblait concentrer toute l'harmonie du monde. Il se félicita encore de ne pas avoir signé ces odieux contrats avec Rula : l'anatomie féminine méritait mieux que d'être réduite aux images presque effrayantes qu'il avait vues.

— J'aime passer du temps avec toi, reprit-il. Je *veux* passer du temps avec toi.

Jamais il n'avait prononcé ces mots. Mais à la vérité, il lui était rarement arrivé d'avoir envie de passer plus de quelques heures avec une femme.

— J'essaie de t'aider, enchaîna-t-il.

Mais les mots avaient bien du mal à franchir le seuil de sa bouche…

Il rassembla son courage et lança d'un trait :

— Bientôt, tu n'auras plus de travail.

La jeune femme se retourna lentement vers lui et le considéra avec une expression indéchiffrable, mais très vite, il lut l'horreur dans ses grands yeux bleus.

— Tu… Tu vas détruire… la Maison Kolovsky ?

— Je vais la fermer, corrigea-t-il.

— Tu vas la détruire !

Blême, Lavinia sentit quelque chose se déchirer en elle. Une foule de pensées se bousculaient dans son esprit. Elle aurait dû se douter de ce qu'il préparait, au lieu de s'aveugler sur les intentions de Zakahr…

Katina, elle, avait vu juste.

Seigneur qu'allait-elle devenir ? Si elle obtenait la garde de Rachel, comment les ferait-elle vivre, toutes les deux ? Mais si elle perdait son travail *maintenant*, la question ne se poserait même pas : jamais elle n'obtiendrait la garde de sa demi-sœur !

Elle balbutia :

— Mais… Et Jasmine ?

Ils étaient les invités de son père, en ce moment, et Zakahr osait songer à fermer Kolovsky, à priver cette jeune princesse de sa robe pour un mariage qu'elle préparait avec eux depuis huit jours ?

— Mon Dieu, ajouta-t-elle, épouvantée. Elle se marie dans moins de deux mois ! Elle n'aura pas le temps de…

— Lavinia, dit-il en posant une main sur son bras, je suis aguerri à cet exercice. Je le pratique depuis des années. Fermer une entreprise n'est pas un drame. Les employés auront droit à des primes de licenciement très généreuses et à une formation solide. Tout sera pris en charge. Ne fais pas de cette histoire un cas personnel…

— Mais *c'est* personnel ! s'écria-t-elle. C'est *son* mariage !

— Son père est capable de régler tout cela. Ce n'est qu'une robe…

Bon sang, cette conversation ne se déroulait pas du tout comme il l'avait espéré, songea Zakahr, furieux.

Il s'efforça pourtant d'apaiser la jeune femme.

— Je t'assure que tout se passera bien pour toi, dit-il d'un ton aussi rassurant que possible. Tu ne seras pas mêlée à tout ça. Tu peux rester avec moi, et je veillerai à ce que tu n'aies pas à chercher un nouveau travail. Je te le trouverai moi-même. Et quand je serai parti, tu pourras enfin te focaliser sur tes études et Rachel…

Il la sentit frémir lorsqu'il lui donna le montant de la somme dont il voulait créditer son compte en banque, mais elle s'écarta brutalement de lui, et ses grands yeux bleus lui décochèrent des flèches assassines.

— Comment oses-tu ? cria-t-elle. Tu me proposes de l'argent pour que je devienne ta maîtresse ?

— Pas du tout. Je veux seulement prendre soin de toi, et…

— Tant que tu resteras en Australie, enchaîna-t-elle d'une voix vibrante de colère, tu vas *me payer* pour que je couche avec toi ?

— Non, tu déformes mes propos, je ne…

— Je n'ai rien déformé du tout ! s'exclama-t-elle. Il me semble que c'est extrêmement clair !

— De cette manière, continua-t-il, espérant toujours l'apaiser, tu n'aurais pas besoin de…

— De cette manière, je serais une prostituée !

— Ne sois pas ridicule.

— Oh, je ne le suis pas ! Crois-moi, je suis une experte à ce sujet. Ma mère en était une… Elle était une prostituée, Zakahr. J'ai lutté de toutes mes forces pour ne pas avoir à subir le même sort qu'elle, et tu me plonges dans…

— Je t'offre simplement une chance de construire ta vie, coupa-t-il.

Elle avait envie de le gifler, mais elle n'allait pas s'abaisser à un tel geste. Zakahr en avait assez dit, assez fait. D'un bond, elle fut hors du lit, toujours enveloppée de son drap.

— Je n'ai pas besoin de ta charité, Zakahr, lâcha-t-elle d'un ton écœuré. En fait, je me sens désolée pour toi. La seule manière dont tu espères gagner l'affection, c'est en payant !

Sur ces mots, elle se leva et alla s'enfermer dans la salle de bains, claquant la porte derrière elle.

Il entendit le jet de la douche se fermer. Pour la première fois de sa vie, Zakahr ne savait comment réagir. Il maudissait sa maladresse et regrettait de s'être si mal exprimé… Il avait sincèrement envie de prendre soin de Lavinia, de s'assurer qu'elle ne manquerait jamais de rien. Et puis, comment pouvait-elle penser qu'il avait besoin de payer pour obtenir l'affection des femmes ? Elles s'étaient toujours jetées dans ses bras sans qu'il eût même besoin de les conquérir…

Il ferma les yeux. D'une certaine façon, n'avait-elle pas raison, cependant ? Car il n'avait jamais voulu gagner l'affection de quiconque. Il préférait le détachement et la simplicité qu'offrait l'argent.

Allongé sur le dos, une étrange douleur dans la poitrine, il tentait de trouver les mots justes, ceux qui parviendraient à réconforter Lavinia. Il était prêt à s'excuser, s'il le fallait.

Et dès qu'elle réapparaîtrait devant lui, le visage défait, il sécherait ses larmes, il la laisserait se blottir contre lui et…

Il sursauta en la voyant surgir hors de la salle de bains. Il n'y avait nulle trace de larmes sur son visage. Ses cheveux brillants étaient relevés en queue-de-cheval fière et dansante, et elle arborait un sourire radieux. Il n'y avait pas même une ombre d'embarras sur ses traits lisses, impeccablement maquillés…

Elle avait enfilé une blouse de soie mauve et un pantalon blanc. Rayonnante, plus belle encore que la veille, elle irradiait la fraîcheur et la confiance en soi.

— Tu ferais bien de te préparer, observa-t-elle.

Bon sang, elle parvenait même à le fixer droit dans les yeux… Il s'était préparé à des cris, à des pleurs, à une dispute animée suivie d'une réconciliation sur l'oreiller. Puis elle serait venue s'installer chez lui pour le reste de son séjour en Australie, après qu'elle aurait compris tout ce qu'il était prêt à faire pour elle…

Son sourire le frappait avec autant de violence qu'un direct dans l'estomac.

Elle jouait un rôle.

Lavinia, celle qu'il avait éveillée aux plaisirs de l'amour durant toute une nuit et qui s'était épanouie dans ses bras — *la vraie Lavinia* —, avait disparu.

12.

Zakahr arriva au bureau le lundi matin en humant le parfum du café fraîchement passé. Les ordinateurs étaient allumés, et il trouva son agenda ouvert à la page du jour sur sa table de travail.

Il leva la tête. Et ce ne fut pas Lavinia qui lui tendit sa tasse de café, mais Abigail.

Le trajet de retour jusqu'à Melbourne avait été un véritable enfer. Il n'y avait pas eu de cris ni d'éclats, mais Lavinia avait jacassé sans cesse de tout et de rien. Lorsqu'il l'avait déposée devant chez elle, elle l'avait abondamment remercié avant de claquer la portière et de partir sans se retourner.

Elle ne reviendrait pas.

De cela, au moins, il pouvait être sûr. Et c'était pour le mieux. Car sans elle, il se concentrerait beaucoup mieux sur la mise à exécution de son projet.

— Je veux que tout cela soit réglé avant la fin de la semaine, dit-il à Abigail.

— Ah ? Je croyais que nous avions un peu plus de temps.

— Non, je veux en finir.

Il avait hâte de reprendre l'avion et de se retrouver chez lui. Pourtant, il entendait une voix railleuse dans un arrière-coin de sa tête. Chez lui ? Où était-ce ? A Londres ? En Suisse ? Sa famille se trouvait ici…

Non. Il n'avait pas de famille, rectifia-t-il aussitôt pour lui-même.

— Alexeï Kolovsky a appelé, annonça Abigail. Il a dit qu'il n'y avait rien d'urgent et qu'il téléphonait simplement pour savoir comment cela se passait.

Zakahr haussa les épaules. Abigail était assez intelligente pour savoir que dans ces cas-là, mieux valait ne pas insister. C'était l'une des raisons pour lesquelles il l'appréciait. Elle était mariée, sans enfants, et tenait à conserver sa place.

— Je veux que mon équipe soit ici avant le prochain week-end, poursuivit-il. Je partirai juste après la conférence de presse de vendredi.

Il vit la jeune femme froncer les sourcils. D'ordinaire, il restait un peu plus longtemps et s'assurait que toutes ses décisions avaient été appliquées avant de quitter une entreprise. Recevant tous les employés, il répondait à chacune de leurs questions ainsi qu'à celles des journalistes.

— Vraiment ? s'étonna-t-elle. On n'aura pas besoin de vous plus longtemps sur place ? Au moins quelques jours ?

— Mon séjour ici a été suffisamment long, opposa-t-il.

Il reporta son attention sur l'écran de son ordinateur, et Abigail n'insista pas.

Elle ne ressemblait en rien à Lavinia, songea-t-il avec nervosité.

— Ah, une dernière chose, reprit-il. Il y avait une assistante, ici. Lavinia. Je doute fort qu'elle revienne, mais au cas où, elle ne doit rien savoir de…

Le reste de sa phrase mourut sur ses lèvres quand il aperçut Lavinia entrer dans le bureau et s'excuser, comme le premier jour, d'arriver en retard. Elle tenait une grande tasse de café à emporter.

— Je suis Lavinia, annonça-t-elle en serrant la main d'Abigail. N'hésitez pas à me demander ce que vous souhaiterez savoir, ou à me dire ce que vous avez besoin que je fasse.

Puis, elle se dirigea vers son ancien bureau d'assistante adjointe et ferma la porte derrière elle.

Jusqu'au jeudi suivant, ce fut une lutte de tous les instants. Lavinia arrivait chaque matin le sourire aux lèvres, ignorait Zakahr, subissait la présence humiliante d'Abigail et travaillait durant la journée entière en se coulant dans son rôle de composition. Il n'était pas question de faiblir, pas question de ne pas assumer sa fonction jusqu'au bout.

Elle ne donnerait pas ce plaisir à Zakahr.

En outre, dans un coin de son cœur, elle conservait encore l'espoir qu'il change d'avis. Elle n'oubliait pas qu'il était merveilleusement intuitif, intelligent et plein de ressources, et elle était encore émue au souvenir de la manière dont il l'avait écoutée lui parler de Rachel.

Le diable lui-même devait bien posséder une conscience…

Hélas, tandis qu'elle s'agitait en tous sens dans le bureau en lui prodiguant des sourires faux, il lui opposait la plus totale indifférence.

Lavinia n'était pas dupe. Il y avait plusieurs jours qu'il ne s'était pas rasé. Il était déstabilisé… Aussi croyait-elle encore possible de sauver Kolovsky, ainsi que la relation qu'ils avaient entamée durant ce week-end inoubliable. Si seulement il n'avait pas eu l'air encore plus sexy, avec cette barbe naissante…

Alors qu'elle s'efforçait de ne pas penser à lui et

s'apprêtait à sortir déjeuner, Zakahr surgit soudain devant elle et déclara :

— Viens avec moi. Je dois me rendre au magasin Kolovsky, où j'ai rendez-vous avec Alannah. Je te déposerai où tu veux dès que nous en aurons terminé.

Même si cela ressemblait à un ordre et qu'elle était très tentée de l'envoyer au diable, elle obtempéra. Elle n'avait guère envie d'être présente au moment où Alannah comprendrait que c'était la fin pour l'empire Kolovsky, et pour le magasin qu'elle dirigeait, mais elle n'avait pas le choix : cette peste d'Abigail lui avait demandé de lui rapporter divers vêtements.

Elle prit son sac et sa veste.

C'était la première fois qu'ils se retrouvaient en tête à tête depuis le week-end sur le yacht.

Zakahr était soulagé de quitter les bureaux. Tandis qu'ils traversaient le centre-ville, il regarda la jeune femme, qui faisait mine d'admirer le paysage à travers la vitre.

Comme si elle avait senti son regard sur elle, elle se retourna soudain et sourit.

Pour une fois, ce sourire ne semblait pas fabriqué sur mesure pour sauvegarder les apparences… Et il sentit son cœur se serrer étrangement.

— Comment vas-tu ? demanda-t-il.

En dépit de tout… il avait besoin de le savoir.

— Très bien ! assura-t-elle.

— Lavinia…

Il ne pouvait plus supporter cet enthousiasme de façade.

— S'il te plaît, enchaîna-t-il, tu veux bien cesser ce jeu ?

Jamais. Elle allait continuer à sourire, à parler à tort et à travers, à rire… Mais plus jamais elle ne le laisserait percer cette armure.

— Mlle Hewitt vient d'appeler, reprit-il. C'est la raison pour laquelle je voulais te voir hors du bureau. J'ai confirmé que tu travaillais pour Kolovsky depuis plus de deux ans…

— Mais lui as-tu dit que demain, je n'aurai plus d'emploi ? demanda-t-elle, cinglante.

— Bien sûr que non.

— Elle le découvrira quand même, répliqua-t-elle avec un haussement d'épaules. De toute façon, mon rendez-vous avec elle aura lieu d'ici deux heures.

— Je lui ai dit que tu étais une jeune femme responsable et solide, que tu avais…

Lavinia secoua la tête. Elle n'avait aucune envie d'entendre tout cela. Aussi ouvrit-elle la vitre de séparation de la limousine, pour parler avec Eddie de l'état de sa petite-fille.

Puis, dès qu'ils parvinrent devant la boutique, elle sortit de la voiture et suivit Zakahr.

Le cœur en lambeaux, Lavinia entra après lui dans le magasin. Elle devait admettre qu'il se montrait très habile avec Alannah et son équipe. En moins de quinze minutes, il parvint à convaincre tous les employés que l'audit qu'il menait n'avait rien d'alarmant, qu'il s'agissait d'un examen de routine qui ne leur prendrait que quelques heures, et que cela ne gênerait en rien la clientèle.

Pendant ce temps, Lavinia se chargea de réunir tout ce que lui avait demandé Abigail : deux robes, une veste, une chemise, un manteau et une somptueuse écharpe de soie lourde que Lavinia aurait volontiers utilisée pour l'étrangler. Car si tous ces vêtements coûtaient une fortune aujourd'hui, Abigail savait très bien qu'ils n'auraient pas de prix d'ici quelques jours…

Alors qu'ils allaient quitter le magasin, elle ne put s'empêcher de s'arrêter devant l'une de ses pièces favorites. Zakahr devait avoir deviné ce qu'elle ressentait, car il s'immobilisa près d'elle et posa la main sur la pièce d'étoffe.

— *Koja*, murmura-t-elle.

A sa grande surprise, Zakahr ne pouvait lâcher le tissu. Le toucher extraordinairement velouté de cette soie l'électrisait.

— Comment est-ce possible ? demanda-t-il d'une voix à peine audible.

La robe était splendide. Il n'y avait pas de fermeture Eclair, pas de couture visible, et la forme simplissime du vêtement forçait son admiration.

— C'est magique, répondit Lavinia en souriant.

Elle lui adressa un sourire moqueur et ajouta :

— Tu n'y connais vraiment rien en matière de mode, n'est-ce pas ?

— Au moins, je ne prétends pas le contraire, se défendit-il, piqué au vif.

Mais soudain, il frissonna. Il avait été son premier amant, et désormais… L'idée qu'elle pourrait vivre un jour auprès d'un autre homme lui donnait la nausée.

Lavinia se remit à caresser la soie.

— Ivan était vraiment un génie, dit-elle.

— Comment était-il ? se surprit-il à demander, sans même comprendre comment ces mots avaient pu franchir ses lèvres.

Peut-être savait-il, au fond de lui, que seule Lavinia lui répondrait avec franchise ?

— C'était un vrai tyran, dit-elle. Il claquait des doigts et Nina accourait. *Tout le monde* accourait. Il adorait les femmes. Sa dernière maîtresse est même restée au chevet de son lit de mort, près de Nina…

Lavinia resta songeuse un instant et poursuivit :

— Pauvre Nina.

Il ne l'empêcherait pas de parler. Elle dirait tout ce qu'elle avait à dire, que cela lui plaise ou non.

— Elle était si misérable, elle pleurait tout le temps… Je suis sûre qu'elle buvait. Qu'il la battait…

Ces révélations rendaient Zakahr extrêmement nerveux. Il aurait voulu l'interrompre, mais elle reprit aussitôt :

— Pourtant, Ivan était un génie. Et Nina l'adorait.

Il hocha la tête en silence.

Lorsqu'ils sortirent pour regagner la limousine, il eut l'impression de voir briller une larme dans les yeux de la jeune femme… Oui, il en était certain. Et s'il voulait lui rendre service, il savait ce qu'il lui restait à faire, songea-t-il.

— Lavinia, dit-il, je n'aurai pas besoin de toi demain.

Elle observa une pause avant de demander :

— Je suis censée rester chez moi et écouter la nouvelle à la radio ?

— Donne ta démission, lui conseilla-t-il. Je veillerai à ce que tu touches une prime très généreuse…

Comme elle serrait la mâchoire, il corrigea aussitôt :

— Une prime parfaitement conforme à tes droits. Il te suffira de dire que tu étais opposée à mes projets et que tu as préféré partir de toi-même.

Ainsi, il n'y avait plus rien à espérer, songea Lavinia avec une infinie tristesse.

— Puis-je revenir après mon rendez-vous pour récupérer mes affaires ? demanda-t-elle.

— Bien sûr.

— Et puis-je te demander de ne pas être là ?

Un poignard s'enfonça dans son cœur quand il acquiesça.

Assise dans le bureau austère de Mlle Hewitt, Lavinia s'efforçait de ne pas songer à l'univers qui s'écroulait autour d'elle.

— Vos références sont excellentes, observa l'assistante sociale. Lavinia, je suis très impressionnée par le parcours que vous avez effectué depuis votre adolescence. Vous avez admirablement réussi à prendre votre destin en main, et je ne doute pas que vous saurez toujours prendre soin de Rachel. Mais il faut que vous le sachiez : nous faisons tout ce que nous pouvons pour ne pas séparer une famille, et avec le soutien supplémentaire que vous représentez dans la vie de votre sœur…

Lavinia eut l'impression que le sol s'ouvrait sous ses pieds. Elle avait lutté de tout son cœur, de toutes ses forces… Fallait-il que cela finisse ainsi ?

— Aurai-je le droit de la voir ? demanda-t-elle, redoutant déjà le pire.

— Naturellement.

Mlle Hewitt ne s'était jamais montrée aussi chaleureuse.

— J'ai discuté avec la belle-mère de Rachel, reprit-elle en la fixant droit dans les yeux. Vous pourrez passer voir la petite cet après-midi, et j'ai également recommandé dans mon rapport que vous puissiez la prendre chez vous une nuit par semaine. Ne craignez rien : nous prenons votre rôle de grande sœur très au sérieux.

— La décision a été prise ?

— Non, elle le sera lors d'une réunion lundi. Je

tenais simplement à ce que vous sachiez à quoi vous attendre.

— Puis-je faire quoi que ce soit pour modifier cette décision ? s'enquit-elle, la gorge serrée.

— Lavinia…

La vieille dame soupira et retira ses lunettes.

— Vous pouvez prendre un avocat, bien sûr. Les délais seront plus longs, la décision sera plus complexe, mais… Il ne s'agit pas de gagner ou de perdre. Il s'agit de décider de ce qu'il y a de meilleur pour Rachel.

Elle était ce qu'il y avait de meilleur pour Rachel !

Oui, en dépit de la décision qui serait prise lundi, elle le savait…

Mais elle s'arma de tout son courage pour paraître aussi joyeuse que possible quand elle passa prendre la fillette.

— Où on va ? demanda l'enfant dès que Lavinia l'eut installée dans son siège.

— Je suis obligée de passer à mon bureau pour récupérer quelques affaires, expliqua-t-elle en se dirigeant vers le centre-ville. Tu vas voir… Mon patron est un peu bizarre. Il est très grincheux. Mais sa secrétaire, Abigail, est encore plus drôle que lui.

Un moment plus tard, en entraînant Rachel vers l'ascenseur, Lavinia voulut la faire rire en faisant une grimace : elle se mit à loucher et à tirer la langue de côté…

Mais pour comble de malchance, au moment où les portes de l'ascenseur s'ouvraient, elle vit arriver Zakahr. Pourquoi était-il là ? Il lui avait pourtant promis qu'il serait absent.

Comme ils entraient dans la cabine, Zakahr prit soin de ne poser les yeux ni sur la jeune femme ni sur la fillette.

Non, il n'avait aucune envie de les voir… Il ne voulait surtout pas être contraint de penser à ce qu'il leur imposait.

Hélas, il sentait le regard de l'enfant levé vers lui. Bon sang, ce maudit ascenseur ne pouvait-il aller plus vite ?

— C'est ton patron ? demanda Rachel.

Lavinia écarquilla les yeux. Il était si rare que la petite entame une conversation ! Mais de tous les moments qu'elle aurait pu choisir pour le faire, celui-ci n'était pas le meilleur…

— Oui, admit-elle.

— Celui qui est grincheux ?

Tout en souriant à sa demi-sœur, Lavinia se sentit rougir violemment.

Ils sortirent enfin tous les trois à l'étage de la direction, et Lavinia suivit Zakahr jusque dans le grand bureau. Là, elle invita Rachel à s'installer dans le canapé.

— Je ne serai pas longue. Tu peux m'attendre ici cinq minutes ? J'ai seulement besoin d'aller vider mon bureau.

Zakahr serra les poings en la regardant sortir. Il allait donc devoir tolérer la présence de la petite durant cinq minutes ? C'était beaucoup trop. Il ne voulait *rien* savoir d'Eddie et de sa petite-fille malade, et il était encore moins capable de regarder le visage de Rachel.

Etrangement, il s'était représenté cette enfant comme une Lavinia en modèle réduit — blonde, avec des yeux bleus et un naturel joyeux. Ce qui le bouleversait, c'était de découvrir que cette petite lui rappelait… l'enfant qu'il avait été.

C'était comme si un lien invisible les reliait. Il *sentait* sa douleur, sa colère, sa peur. Cela le rendait fou.

Il refusait d'être impliqué dans cette histoire…

Bon sang, il versait chaque année des millions de dollars à des œuvres de charité pour ne plus avoir à subir cette torture !

Il tenait à conserver ses distances.

Après ce qui lui parut une éternité, Lavinia refit enfin son apparition dans le bureau, et il se leva aussitôt pour l'entraîner dans le petit bureau qu'elle venait de vider.

— Peux-tu me dire à quoi rime ce petit jeu ? demanda-t-il, menaçant. C'est la carte affective, que tu brandis ? Parce que si tu essaies de te servir d'elle pour…

— Ce n'est pas moi qui me sers des gens, Zakahr ! protesta-t-elle. Et au cas où ton cœur de pierre serait en train de subir un assaut de culpabilité, ce dont je doute, tu peux te rassurer : je n'ai pas obtenu la garde de Rachel, et le fait que je me retrouve au chômage n'aura donc aucune incidence sur son avenir.

— Quoi ? Ils la renvoient chez Kevin ?

— Oui. Elle s'adaptera, ne t'en fais pas ! Et au fait, Zakahr…

Elle lui décocha un sourire assassin en posant une main sur la poignée de la porte.

— En venant ici, j'ai entendu l'annonce de ta conférence de presse à la radio. Félicitations. Profite bien de ta vengeance, puisque c'est tout ce dont tu as toujours rêvé.

— Et à quoi t'attendais-tu, au juste, Lavinia ? s'écria-t-il. Tu pensais vraiment que j'allais me réconcilier avec ma famille ? Est-ce que tu imagines ce que…

— Oui, j'imagine très bien ce que tu as dû traverser, l'interrompit-elle. Parce que je l'ai vécu, moi aussi… Si tu savais le nombre de fois où j'ai prié pour que ma mère me tourne le dos et me laisse seule ! De la même manière que Rachel doit espérer que son père renonce enfin à la garder chez lui.

— Mais ce que Nina a fait…

— Je vais te dire, ce qu'elle a fait, le coupa-t-elle encore, hors d'elle. Elle a fait quelque chose d'horrible qu'elle regrette de toute son âme. Mais elle est mon amie !

— Ton *amie* ? répéta-t-il d'une voix à la fois sidérée et horrifiée.

— Oui, mon amie, confirma-t-elle. Elle m'a donné un bon travail, une vie décente, une chance de mener une existence conforme à ce que je souhaitais. Quand j'étais petite, je passais presque toutes mes nuits à écouter ma mère divertir ses « amis », et j'aurais tout donné pour découvrir que j'avais été adoptée… Encore aujourd'hui, j'aimerais que ma mère ait fait la même chose que Nina !

Le souffle court, elle dévisageait cet homme avec lequel elle avait vécu les plus beaux instants de sa vie… Mais tout était fichu.

Car il était sans pitié.

Sans pitié pour cette maison, sans pitié pour ses fabuleuses créations et les gens qui y travaillaient avec passion… Le génie d'Ivan ne représentait rien pour lui, ses frères non plus…

Il haïssait sa mère.

Quant à elle, elle n'avait été pour lui qu'une passade. Il aurait simplement voulu qu'elle devienne sa maîtresse tant que durait son séjour en Australie. Rien de plus.

— Dire que j'ai pu avoir envie de rester auprès de toi, conclut-elle, amère. Mais je me suis trompée. Ce que je veux, c'est une famille pour Rachel. Je veux qu'elle ait tout ce que je n'ai jamais eu.

Incrédule, Zakahr fixait Lavinia, qui se montrait plus franche qu'il ne l'aurait voulu.

Elle avait toujours été directe, mais c'était comme si elle était soudain possédée par le démon de la vérité. Comme si, après avoir incarné la parfaite assistante durant toute la semaine, elle sortait enfin de ses gonds.

— Tu as été abandonné ? s'écria-t-elle. Pauvre chéri ! Passe à autre chose.

Et sur ces mots, juchée sur ses talons aiguilles, elle sortit de sa vie.

13.

C'était la nuit la plus longue de sa vie.

Il parvenait à peine à croire qu'il avait tant roulé.

Il s'était d'abord rendu à l'hôpital et était resté planté devant l'entrée, sachant que les horaires des visites étaient passés. Puis, il avait roulé jusqu'à la maison de Josef. Il avait attendu que les lumières s'éteignent ; il avait même entendu un bébé crier dans la nuit, au milieu de la rue silencieuse.

Après quoi, il avait pris la route pour se rendre devant chez Annika — une sœur à qui il avait à peine adressé la parole.

Il s'était assis dans l'herbe, devant le ranch où elle vivait avec Ross, son mari, et il avait longuement écouté les chevaux en espérant que la paix gagnerait enfin son âme.

Il pouvait y parvenir.

C'était du moins ce que semblait penser Lavinia…

« Passe à autre chose. » Il lui avait fallu attendre trente-six années pour en arriver là.

Puis il s'était rendu chez la jeune femme, s'était enfin décidé à sortir de voiture pour aller sonner à sa porte.

Lorsqu'elle vint lui ouvrir, il la trouva moulée dans une robe de soie *koja*, un pot de crème glacée à la main.

Sans savoir pourquoi, il aurait pu jurer qu'elle n'avait pas versé une larme depuis leur dernière entrevue.

— J'ai fait virer des fonds sur ton compte en banque, annonça-t-il.

— Je n'ai pas besoin de ton argent.

— Si. Tu as également besoin d'un avocat. J'en ai trouvé un qui t'appellera dès demain pour prendre rendez-vous.

— Il m'a déjà appelée, répondit-elle. Il m'a même dit que tout n'était pas perdu et que j'avais de bonnes chances d'obtenir la garde de Rachel. Les avertissements de Mlle Hewitt étaient peut-être de pure forme…

— Tu as *toutes tes chances*, confirma-t-il. Et je sais que tu parviendras à la récupérer.

Sans attendre qu'elle l'y invite, il entra dans son appartement. C'était la première fois qu'il se sentait immédiatement *chez lui* en pénétrant quelque part.

Il contempla la trousse de maquillage posée sur le sofa, à côté de quelques vêtements Kolovsky que Katina avait dû lui donner.

— *Comment* suis-je censé lui pardonner ? interrogea-t-il en se retournant brusquement vers Lavinia, plongeant un regard désespéré dans le sien.

— En choisissant de le faire, répondit-elle.

Elle lui sourit, mais il lut une grande fatigue dans ce sourire.

— Elle avait quinze ans, soupira-t-elle en lui servant un verre de vin. Elle avait peur, elle était enceinte, et Ivan et elle ont choisi de taire sa grossesse à tout le monde. Ses parents étaient si pauvres qu'ils se seraient mis en colère, et Ivan lui a dit qu'ils ne pourraient pas t'élever.

Elle secoua tristement la tête et enchaîna :

— Durant des années, ils sont restés séparés l'un de

l'autre. Ivan a eu une aventure avec une autre femme, la mère de Levander. Puis, il a retrouvé ta mère. Elle avait alors dix-neuf ans, et elle est rapidement tombée enceinte des jumeaux… La famille d'Ivan s'opposait toujours à leur mariage, car celle de Nina était très défavorisée par rapport à eux. Nina faisait tout ce qu'elle pouvait pour prouver qu'elle était digne de respect. Comment y parvenir s'il fallait avouer qu'elle avait déjà eu un enfant ? Plus tard, Ivan et elle ont eu une chance de pouvoir quitter la Russie : Nina était enceinte, de nouveau… La mère de Levander est alors venue frapper à leur porte pour les supplier d'emmener également son garçon. Mais Nina a refusé d'en entendre parler : pour elle, il n'était pas question de prendre Levander, alors qu'elle n'avait pas pu garder son propre fils.

Zakahr leva les yeux vers elle.

— Je suis désolée, dit-elle.

Elle l'était. Sincèrement. Au plus profond d'elle-même… Car même si ce n'était pas son histoire à elle, elle était émue de lui révéler ainsi le passé de sa famille.

Il garda le silence un long moment avant de lui demander :

— Comment as-tu réussi à pardonner à ta mère ?

— Je ne sais pas si je l'ai fait, répondit-elle en toute franchise. Je te l'ai dit, je crois que j'ai seulement cessé de vouloir la changer. Penses-tu être capable d'accorder ton pardon à Nina ?

Il hésita.

— Elle t'a vraiment aidée ? répliqua-t-il.

— Ils m'ont *tous* aidée. En fait, ils ont été comme une famille, pour moi…

Elle sourit.

— Oh, bien sûr, pas une famille parfaite digne d'une image d'Epinal, précisa-t-elle. Nous nous disputions tout le temps.

— Une famille comme les autres, peut-être, suggéra-t-il.

Elle hocha la tête, et Zakahr ferma les yeux un instant. Il lui serait plus facile de porter toutes les cicatrices qui lui striaient le dos s'il avait la certitude que Nina avait été là pour Lavinia.

Il ne savait comment interpréter le silence de la jeune femme, ni la manière dont elle lui jetait des regards à la dérobée, mais… il avait l'intention de se montrer clair et direct.

— Je t'aime, avoua-t-il.

Il n'aurait jamais pensé être capable de prononcer ces mots-là, mais il venait de le faire — avec une facilité confondante.

— Je suis fou de toi, Lavinia, continua-t-il. Tellement fou de toi que tu occupes toutes mes pensées, tout le temps. Tellement fou de toi que je suis prêt à renoncer à la vengeance qui m'a tenu occupé durant toute ma vie, si cela peut me permettre de gagner ton cœur.

Il n'avait pas plus tôt prononcé ces mots qu'elle se jeta à son cou et se hissa sur la pointe des pieds pour l'embrasser.

C'était un baiser amoureux, plein de tendresse et de joie. Il sentit les doigts de la jeune femme se glisser dans ses cheveux, et à cet instant, pour la première fois de sa vie, il comprit qu'il était enfin lui-même.

Avec Lavinia.

Il en serait toujours ainsi. Il n'avait pas besoin de prendre sa revanche sur le passé pour que l'avenir se dessine devant lui.

La serrant de toutes ses forces contre lui, il l'embrassa encore et encore, passionnément, avant de supplier :

— Epouse-moi. Dis que tu acceptes de devenir ma femme.

— A une condition.

Elle murmura quelque chose à son oreille, et il fronça les sourcils.

Il aurait dit oui à tout, mais à ça… Non, pas ça.

Mais aussitôt, il ferma les yeux et songea qu'il lui était *impossible* de refuser.

Il rouvrit les yeux.

— D'accord, répondit-il.

Si cette nuit pouvait ne jamais se terminer, si elle le laissait la couvrir de baisers jusqu'à la fin des temps, il était prêt à tout accepter.

Seulement… Personne ne saurait leur secret, jusqu'au grand jour.

Il faudrait attendre le mariage.

Epilogue

Lavinia n'éprouvait aucune honte.

Elle était une future mariée au passé et aux origines peu flatteurs, mais elle se moquait de savoir ce que les gens en pensaient.

Petite fille, elle s'était endormie chaque soir en rêvant de ce jour. Elle avait réussi à se protéger de la vie que menait sa mère, à ne pas entendre les bruits de la chambre d'à côté grâce à ses rêves fous de prince charmant et de robe merveilleuse…

Et aujourd'hui, tout était parfait !

Elle avait prévenu chacun des membres du clan Kolovsky : s'ils ne parvenaient pas à s'entendre, elle ne voulait pas d'eux à son mariage — et son avertissement était également valable pour Zakahr.

Les hommes de la famille arboreraient des cravates assorties de soie Kolovsky, ainsi que Ross. Annika et Nina porteraient des chaussures recouvertes de la même soie.

— Laissez-moi faire ! grommela Katina. Il faut de la subtilité…

— C'est *mon* mariage ! insista Lavinia en riant.

Il y avait tant d'années que la robe de mariée Kolovsky attendait dans sa vitrine ; elle avait été conçue pour être portée par un membre de la famille, et Lavinia l'avait admirée durant des heures chaque fois qu'on l'avait sortie pour la lui montrer.

Aujourd'hui, la robe lui allait à ravir. Elle sentait le poids des pierres précieuses serties dans les coutures par Ivan lui-même.

A ses oreilles brillaient deux opales offertes par Nina, et elle s'était décidée à enfiler la montre de sa mère. C'était bien le seul bijou que Fleur n'avait pas voulu vendre… Et elle était heureuse de porter ce souvenir sur elle le jour de son mariage.

— Prends une longue inspiration, conseilla Hannah, l'employée de l'Armée du Salut qui avait toujours été là pour elle durant son enfance.

— Est-ce qu'ils sont déjà tous là ? demanda nerveusement Lavinia.

De tout son cœur, elle voulait que chaque membre de la famille soit présent. Elle tenait à ce que le clan soit réuni. Car malgré les défauts de chacun, elle les aimait tous. Sans eux, cette journée ne serait pas aussi parfaite…

— Levander est arrivé, répondit Hannah en jetant un coup d'œil à l'intérieur de l'église.

Mais il était facile à repérer, puisqu'il se tenait au côté de Zakahr en tant que témoin. Les deux frères qui avaient été abandonnés ne pouvaient que se retrouver en ce jour…

— Me voici ! lança Annika en les rejoignant. Tu peux arrêter de t'inquiéter, maintenant.

Lavinia lui sourit, radieuse.

Zakahr avait eu raison : prendre un avocat s'était révélé indispensable. Car la première idée qu'il avait eue avait été de demander à Kevin de faire un test de paternité. Or, celui-ci avait refusé.

Rachel n'était donc pas sa fille. Et elle en avait obtenu la garde.

L'enfant s'habituait très vite à sa nouvelle famille. Trop timide pour tenir le rôle de demoiselle d'honneur, elle allait rester auprès de Nina durant la journée, et Lavinia avait déjà vu plusieurs fois son petit visage sérieux s'illuminer d'un sourire réjoui.

— Tu es sublime, dit Annika en la contemplant d'un œil ému.

Les deux femmes s'embrassèrent et remontèrent lentement l'allée centrale de l'église.

Lavinia sentait son cœur battre à se rompre dans sa poitrine, non seulement parce qu'elle était en train de vivre le moment qu'elle attendait depuis des années, mais parce que bientôt, elle serait à côté de lui.

A côté de l'homme qu'elle aimait.

Zakahr sourit en la voyant s'arrêter près de lui. Et ce sourire venait du plus profond de son cœur. Car contrairement à sa sœur et ses frères, il connaissait la vérité au sujet de la jeune femme si belle et radieuse qu'il allait épouser. Elle était son plus beau secret, et il avait conscience de la chance extraordinaire qui était la sienne.

Il ne ressentait pas la moindre pointe d'amertume ; jamais il n'avait été aussi pleinement lui-même, aussi pleinement heureux.

Cette femme savait tout de lui, de son passé, de ses errances, des cruautés qu'il avait commises… Et pourtant, elle l'aimait.

Aussi passerait-il le reste de sa vie à faire tout ce qu'il pourrait pour la rendre heureuse.

— Tu es sublime, murmura-t-il.

— Je sais, répondit-elle en souriant avec malice, les yeux pétillants de joie. Toi aussi, tu es sublime.

La cérémonie commença, et Lavinia sentit son émotion croître.

Seigneur, était-ce possible ? Cela ne lui était plus arrivé depuis ses cinq ans…

Mais dès que Zakahr se mit à parler, elle sentit une larme rouler sur sa joue.

D'un ton solennel, il prononça ces paroles :

— Moi, Zakahr Riminic Kolovsky…

Lavinia perçut le mouvement de surprise dans l'assistance.

En se retournant, elle vit Nina serrer Rachel contre elle. Elle pleurait et riait en même temps, tandis que les frères de Zakahr arboraient un sourire fier et ému.

Il avait tenu parole, songea-t-elle. Il avait réussi. Et elle aussi était immensément fière de lui.

Bouleversée, elle essuya ses larmes quand le prêtre les autorisa à échanger leur premier baiser d'époux.

— Je veux ne jamais la retirer ! s'exclama Lavinia quand ils se retrouvèrent enfin dans l'intimité de leur chambre, après une fastueuse fête de mariage.

Dans le miroir, elle admirait la robe, tout en caressant son ventre qui abritait une grossesse invisible.

Zakahr réprima un sourire amusé : sa jeune épouse n'avait pas encore fait le test, mais elle lui affirmait qu'elle était sûre de porter leur premier enfant.

— Tu veux bien que nous ayons beaucoup, beaucoup de bébés ? demanda-t-elle en lui retournant un regard suppliant.

— Beaucoup, oui, acquiesça-t-il. Mais uniquement des garçons !

Pour l'instant, il ne se sentait pas capable de survivre

à l'adolescence de ses filles, surtout si elles ressemblaient à leur mère : il ferait un père surprotecteur.

Et puis, il avait déjà noué un lien d'affection profond avec Rachel.

Lavinia sourit. L'image d'une très grande famille composée de petits garçons aux cheveux noirs et aux yeux gris s'imposait à elle, et elle préféra ne rien répondre au sujet des filles…

Car elle savait qu'ils en auraient aussi.

— Je veux une grande famille, reprit-elle.

— Tu viens déjà d'hériter d'une grande famille ! observa-t-il.

Elle se mit à rire, et il vint derrière elle pour défaire un à un les petits boutons qui fermaient le corset de sa robe.

— Je suis heureux de vous avoir épousée aujourd'hui, madame Kolovsky.

— Redis-le, murmura-t-elle.

— Madame Kolovsky, répéta-t-il, le souffle court, en lui retirant délicatement le corset. Madame Lavinia Kolovsky.

Il était si facile de prononcer ces mots, grâce à elle… Si facile de devenir celui qu'il était à sa naissance — et le seul homme au monde à changer de patronyme le jour de son mariage !

Il resta immobile durant quelques instants, tandis qu'il réalisait que son imagination ne lui jouait aucun tour et que les adorables petits seins de son épouse étaient plus ronds, plus lourds qu'à l'ordinaire. Déjà, il voyait son corps transformer leur avenir.

— Qu'est-ce qu'il y a ? demanda-t-elle.

— Tout, répondit-il. Tu es tout pour moi.

collection Azur

Ne manquez pas, dès le 1er janvier

***LA MARIÉE DE CRANFORD HALL**, Sara Wood • N°3195*

Mariage Arrangé

Dès qu'elle arrive à Cranford Hall, où elle espère en apprendre davantage sur le passé de sa famille, Nicole est tout de suite déstabilisée par l'hostilité que lui témoigne le maître des lieux. Pourquoi Blake Beaumont la déteste-t-il à ce point et souhaite-t-il qu'elle s'en aille au plus vite ? Mais, ce qui la trouble par-dessus tout, c'est que cet homme odieux allume dans son corps un désir qu'elle a le plus grand mal à lui dissimuler...

***LE RENDEZ-VOUS DU DÉSIR,** Caitlin Crews • N°3196*

Après trois ans de séparation, Bethany trouve enfin le courage de demander le divorce à son mari, Léo Di Marco. Elle espère ainsi, enfin, en finir avec le passé, et les sentiments qu'elle redoute d'éprouver encore pour Léo. Ce dernier accepte, à condition qu'elle l'accompagne en Italie, seul endroit, prétend-il, où le divorce peut être prononcé...

***UN SI BOULEVERSANT SECRET**, Abby Green • N°3197*

Enfant Secret

Lorsqu'elle tombe nez à nez avec Rico Christofides, dans le restaurant londonien où elle travaille comme serveuse, Gipsy sent le sol se dérober sous ses pieds. Jamais elle n'aurait pensé revoir un jour cet homme qui, après une nuit de passion, l'a quittée au matin en l'humiliant de la pire des façons. Et, surtout, jamais elle n'aurait pensé ressentir pour lui le même désir insensé qu'autrefois...

***L'ENFANT DE DANTE ROMANO,** Maggie Cox • N°3198*

En apprenant que l'hôtel Mirabelle, dont elle s'occupe depuis plusieurs années, va être racheté, Anna sent l'inquiétude la gagner. Mais lorsqu'elle comprend que l'acheteur n'est autre que Dante Romano, l'homme avec lequel elle a eu une aventure, cinq ans plus tôt, ses inquiétudes cèdent le pas à la panique. Car Dante n'est autre que le père de sa petite fille...

AU PRIX DU SCANDALE, Kimberly Lang • N°3199

Depuis que sa vie privée s'étale dans la presse suite à la parution d'un livre à succès de Devin, son ex-mari, Megan voit son existence bouleversée. Et elle se sent encore plus déstabilisée lorsque, à l'occasion d'une séance de signature où elle espérait demander des explications à Devin, elle se rend compte, horrifiée, que ce dernier a sur elle le même effet dévastateur que par le passé...

UNE TROUBLANTE REVANCHE, Lynn Raye Harris• N°3200

En s'emparant de la société de Rebecca Layton, Alejandro a l'impression de toucher au but. Enfin il va pouvoir annoncer à celle qui l'a trahi, des années plus tôt, qu'il la tient en son pouvoir. Et le fait que la jeune femme soit plus belle encore que dans son souvenir ne pourra rendre sa vengeance que plus délicieuse…

UN ENNEMI À AIMER, Janette Kenny • N°3201

Lorsqu'elle rencontre André Gauthier, devenu l'actionnaire majoritaire de l'hôtel de luxe qu'elle dirige, Kira se sent tout de suite mal à l'aise. Car le séduisant homme d'affaires semble persuadé qu'elle est une femme vénale, sans morale, à laquelle on ne peut se fier...

UNE HÉRITIÈRE POUR LES SABBATINI, Melanie Milburne • N°3202

- L'orgueil des Sabbatini - 1ère PARTIE

Luca Sabbatini est furieux. Car il vient tout juste de découvrir que Bronte, la jeune Australienne avec laquelle il a vécu une histoire passionnée deux ans plus tôt, lui a caché l'existence d'un enfant dont il est le père, une petite fille âgée d'un an...

LA FIANCÉE TRAHIE, *Carole Mortimer • N°3203*

Cinq ans plus tôt, trahie par sa famille et l'homme qu'elle aimait, Mia a tout quitté pour refaire sa vie à Londres. Mais voilà qu'après tout ce temps, Ethan, celui qu'elle a tout fait pour oublier, retrouve sa trace, et tente de la persuader de revenir…

UN PRINCE IRRÉSISTIBLE, *Maisey Yates • N°3204*

A cause d'une erreur commise par la clinique à laquelle elle s'est adressée, Alison se retrouve dans une situation incroyable : annoncer à un homme qu'elle n'a jamais vu qu'il est le père de son bébé à naître… Comment réagira le prince Maximo Rossi lorsqu'il saura qu'elle est enceinte de l'héritier du trône ?

Attention, numérotation des livres pour le Canada différente : numéros 1631 à 1636

www.harlequin.fr

A paraître le 1er novembre

Best-Sellers n°486 • suspense

Un mystère à Black Falls - Carla Neggers

La petite ville de Black Falls, dans le Vermont, semble bien paisible sous son rideau de neige… jusqu'à ce que Rose Cameron, experte en sauvetages d'urgence, découvre un corps carbonisé, presque méconnaissable. Presque… car Rose est sûre de savoir de qui il s'agit, et elle est convaincue que cette mort n'a rien d'un accident. D'autant que Nick Martini, un pompier expérimenté qui est venu la trouver, soupçonne lui aussi l'intervention d'un pyromane. Nick, un homme séduisant qu'elle n'avait jamais revu depuis la nuit de passion qu'ils ont partagée l'année précédente. Bouleversée par ces retrouvailles mais décidée à faire le jour au plus vite sur cette sombre affaire, Rose met de côté ses sentiments et accepte de collaborer avec Nick pour traquer un dangereux criminel – au risque de se retrouver prisonnière d'un piège de feu.

Best-Sellers n°487 • suspense

Mémoire à vif - Brenda Novak

De retour dans le Tennessee à Whiterock, sa ville natale, après douze années d'absence, Sheridan Kohl redoute de voir son passé refaire surface, et avec lui les terribles souvenirs qui ont bouleversé sa vie. Et même si elle a peu à peu reconstruit son existence autour de l'association d'aide aux victimes qu'elle a créée en Californie avec deux amies, elle sait que seule la vérité sur son agression et sur le meurtre dont elle a été le témoin adolescente pourra la libérer des cauchemars qui hantent ses nuits. Mais à peine arrivée, Sheridan est à nouveau victime d'une agression et ne doit la vie sauve qu'à l'intervention de Cain Granger, son amour de jeunesse. Cain, un mauvais garçon au charme ravageur que toute la petite communauté de Whiterock soupçonne encore d'être l'auteur du crime que Sheridan est venue résoudre.

Best-Sellers n°488 • suspense

Menacée - Karen Harper

Lorsqu'elle se rend dans un coin perdu de l'Alaska pour un stage professionnel, l'avocate Lisa Vaughn espère profiter pleinement de ces quelques jours en pleine nature. Pourtant, dès son arrivée, une étrange impression d'être épiée la met mal à l'aise. Un malaise qui se transforme en panique lorsque Lisa est précipitée dans les eaux tumultueuses et glacées du torrent Wild. Un torrent dont elle ne serait jamais sortie vivante si Mitch Braxton ne s'était embarqué en kayak dans une course folle sur les rapides pour la sauver. Mitch, le directeur du stage, mais aussi et surtout son ancien fiancé, cet homme qui lui a déchiré le cœur en partant vivre loin d'elle plusieurs années auparavant. Bouleversée et désorientée, Lisa accepte la proposition de Mitch de veiller sur elle et de l'aider à enquêter. S'agit-il d'un simple accident, d'une menace ? Ou, aussi incroyable que cela puisse paraître, quelqu'un souhaite-t-il réellement la tuer ?

Best-Sellers n°489

Magie d'hiver

Les cinq histoires réunies dans ce livre explorent la magie d'un hiver de givre où la douceur ouatée de la neige et la chaleur réconfortante des feux de bois accompagnent toutes les promesses d'amour… Amour impossible d'Alanna qui, le soir de Noël, ne peut pas accepter la demande en mariage de Ian alors qu'il va bientôt devoir partir. Amour renaissant de Noelle et Thom, séparés depuis dix ans, qui se retrouvent au moment des fêtes de fin d'année. Amour passionné d'Elaine et Tony qui, depuis leur adolescence, se donnent rendez-vous à chaque veille de Noël. Jusqu'au jour où Elaine attend Tony en vain… Amour fou et imprévu de Devin pour Robin et le bébé qu'elle met au monde un soir de tempête. Un amour qui fait naître en lui le désir d'une vraie famille. Amour absolu d'Amy qui rêve pour ses enfants du plus merveilleux des réveillons de Noël. Autant de rencontres imprévues, de brûlantes étreintes, de retrouvailles bouleversantes et de tendres réconciliations…

Best-Sellers n°490 • suspense

L'île des disparues - Heather Graham

Quand Chloé Marin, jeune et talentueuse psychologue, collabore à une enquête de police sur la mystérieuse disparition d'un jeune mannequin sur une petite île de Floride, elle ne s'attend pas à voir son propre passé ressurgir. Et surtout pas ces meurtres terribles qui l'ont brisée lorsqu'elle était adolescente et qu'elle a essayé d'enfouir au plus profond de sa mémoire. Pourtant, à peine démarre-t-elle ses recherches que des crimes sont commis et lui rappellent le drame dont elle a été témoin dix ans plus tôt. Mais le plus perturbant, ce sont encore ces visions qui s'emparent de son esprit. Des visions incroyablement réalistes de la jeune femme disparue implorant son aide. Dès lors Chloé n'a plus le choix. Prête à tout pour faire la lumière sur cette affaire, elle s'associe à Luke Cane – un détective privé secret et mystérieux à qui elle a rapidement accordé sa confiance. Mais elle ne sait pas encore à quel point sa protection lui sera précieuse. Ni qu'elle est désormais la cible d'un tueur implacable. Un tueur qui n'est jamais loin …

Best-Sellers n°491 • thriller

Le silence de la peur - Karen Rose

Son projet était désespéré. Mais Mary Grace Winters savait que la seule manière pour elle et pour son fils d'échapper à son mari, un policier violent qui les maltraitait, était de mettre en scène leur propre mort…

Aujourd'hui, tout ce qu'il reste de leur ancienne vie gît au fond d'un lac. Sous une nouvelle identité, Mary Grace a trouvé refuge avec son petit Tom à Chicago, loin de sa ville natale. Et sous le nom de Caroline Stewart, elle a presque oublié le cauchemar qu'elle a fui sept ans auparavant, au point de se laisser aller à une relation amoureuse avec son nouveau collègue, Max Hunter. Max, un homme qui est lui aussi hanté par d'anciennes et profondes blessures, et qui lui a spontanément inspiré confiance. Pourtant, elle l'ignore encore, son passé est sur le point de ressurgir et de faire voler en éclats la vie paisible qu'elle s'est construite. Car son mari a retrouvé sa trace et celle de son fils. Pas à pas, il se rapproche…

Best-Sellers n°492 • historique
Innocente trahison - Kat Martin

Angleterre, 1854.
Depuis qu'ils l'ont recueillie chez eux après la mort de ses parents, Lily Moran voue une loyauté sans faille aux Caulfield, et surtout à leur fille Jocelyn dont elle est devenue la dame de compagnie. Une loyauté qui est mise à rude épreuve lorsqu'elle rencontre Royal Dewar, duc de Bransford, auquel Jocelyn est promise depuis des années. Car si Lily sait que cet homme ne lui appartient pas, elle ne peut ignorer l'intense désir qui s'installe entre eux dès les premiers instants. Et bientôt, incapable de résister à la tentation, Lily s'abandonne entre les bras du duc pour un baiser d'une incroyable sensualité.
Pourtant, elle le sait, Royal n'a rien de plus à lui offrir que ces quelques instants de plaisir volés. N'a-t-il pas promis à son père qu'il épouserait Jocelyn, ainsi que sa fortune, pour restituer son prestige au duché de Bransford ? Alors, déterminée à mettre un terme à ce vain jeu de séduction, Lily fait tout pour éviter le fascinant Royal. Jusqu'à ce que le destin les pousse à commettre l'irréparable…

Best-Sellers n°493 • suspense
Tensions - Francis Roe
Pour la première fois depuis le début de sa brillante carrière de chirurgien à New Coventry, le docteur Caleb Winter est confronté à un terrible cas de conscience : afin de sauver la vie de sa patiente, Céline de la Roche, il devrait normalement pratiquer une intervention classique et en accepter les effets secondaires indésirables. Et pourtant, cette fois, il se sent prêt à risquer sa carrière et sa réputation pour tenter une « première » médicale en pratiquant sur elle une greffe très risquée. Caleb a en effet des raisons personnelles de vouloir tenter le tout pour le tout. Et même si son devoir de médecin lui impose la plus stricte neutralité, il sent bien que son jugement est altéré par l'irrépressible attirance qu'il éprouve pour Céline. Car sa patiente – une femme de pouvoir qui dirige une maison d'édition new-yorkaise -, est jeune, belle et intelligente. Fragile aussi. Une fragilité qui fait écho à sa propre solitude dans un monde hospitalier fait de rivalités et de querelles de pouvoir, où Caleb suscite de terribles jalousies. Mais peut-il vraiment se lancer dans une lutte sans merci pour Céline… au risque de tout perdre ?

Composé et édité par les

éditions HARLEQUIN

Achevé d'imprimer en novembre 2011

La Flèche

Dépôt légal : décembre 2011

N° d'imprimeur : 65690

Imprimé en France